Christopher Diehl

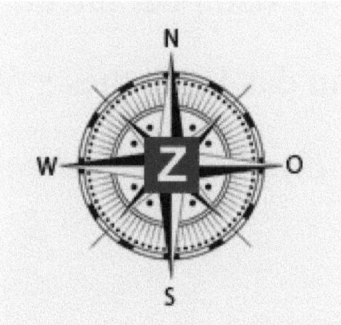

Bis an das Ende dieser Welt

Eine Reisenovelle

Christopher Diehl

Bis an das Ende dieser Welt

Eine Reisenovelle

C und p Christopher Diehl 2016

Alle Rechte vorbehalten

Schönheitsfehler vorbehalten.-)

Für die Freiheit
und
für den Glauben,
die Liebe und
die Hoffnung…!

Information:

*„Der Begriff **Reise** bedeutet im Sinne der Verkehrswirtschaft die Fortbewegung von Personen über eine längere Zeit zu Fuß oder mit Verkehrsmitteln außerhalb des Wirtschaftsverkehrs, um ein einzelnes Ziel zu erreichen oder mehrere Orte kennenzulernen (Rundreise). Im fremdenverkehrswirtschaftlichen Sinne umfasst eine Reise sowohl die Ortsveränderung selbst als auch den Aufenthalt am Zielort. Die verwendeten Verkehrsmittel bilden hierbei eine sogenannte Reisekette (wie beispielsweise Bus – Flugzeug – Straßenbahn – Taxi).*

Wissenschaftlich werden Reisen unter anderem nach deren Grund, Zweck und Dauer kategorisiert, sowie die Motivationen für das (Ver-)Reisen untersucht. Reisen sind auch Thema in der Literatur und im Film."

(Quelle: Wikipedia)

Ist dort wer?
Sind sie es? Sie sind es!

Nun sie wollen wissen wie es weiterging? Weiterging nach Wien?

Nun gut ich werde ihnen auch dies erzählen. Die Reise ging also weiter…

Sind sie bereit?

*„Wir gehn genau dorthin wo wir noch nicht warn
suchen neues Land wollen immer weiter fahren wir sind schnell, wir sind weg, nur ein Schritt, nicht zurück.*

*Volle Kraft vor raus
wir brechen auf egal wohin
alles muss sich ändern
Volle Kraft vor raus wir brechen auf egal wohin alles von vorne, es hat begonnen auf und davon.*

*Du kannst mit mir kommen
die Reise hat gerade erst begonnen.
„Auf und davon"*

(C. Stürmer)

Wir erinnern uns:

An Sylvester 2013
spielten wir das Erfolgsstück
„Die Comedian Harmonists"

Natürlich ausverkauft,
über 1000 Zuschauer.

Alex und ich witzelten immer darüber
als man uns fragte was wir an Sylvester
so machen.

Unsere Antwort:

*"Wir gehen ins Volkstheater,
wir haben sogar Backstage Karten…"*

Nun danach und nach der Feier auf dem
Balkon des Volkstheaters
bin ich am 1. Jänner 2014 um 5 Uhr
zum Westbahnhof gefahren.
Von dort aus nach Salzburg und von
Salzburg nach München, von München
nach Nürnberg und von Nürnberg nach
Würzburg und von Würzburg nach
Aschaffenburg und von Aschaffenburg
nach Wiesbaden, wo ich bis Mitte Januar
blieb.

Es war einen lange Fahrt und sie kam mir sehr weit vor sowie der weite Weg nach Wien den ich einst gegangen bin. Zurück ging es schneller, der ICE bis Wien West braucht 8 Stunden… Ich sollte noch bis Ende der Spielzeit bis Juni 2014 ein Bürger von Wien bleiben.

Das Schicksal sollte mich weiterschicken, buchstäblich bis ans Ende dieser Welt…
und das ist diese Geschichte.

Ich kannte ja den Weg, ich war ihn gegangen und wusste nun das es einen Ort gibt wo ich immer hin kann, der auf mich wartet.
Wo ich so tiefgreifende Erfahrungen und Erlebnisse hatte die mich geprägt haben und wo ich Menschen kennenlernen dufte die ich immer wieder gerne treffe…Wien wartet auf dich.

In diesem Bewusstsein orientiere ich mich wieder in Richtung Berlin und pendelte zwischen Wien und Berlin. Es war auch gut so, das war dann keine Schockentwöhnung.

I.

Die Allee

Berlin Berlin…Da war ich nun wieder in dieser so großen Stadt, die alles aufsaugt und doch so viele Möglichkeiten bietet…diese Stadt ist wie ein Monsterwelle…sie kann dich wegspülen…

Sie kann dich aber auch tragen, sehr weit tragen. Die perfekte Welle…

Es war inzwischen Mai geworden und ich wohnte mal hier mal dort. Berlin ist ja groß und dementsprechend die Wohn Möglichkeiten. Immer Wien-Berlin, Berlin-Wien.

Fast wie Paris Texas, aber das ist wohl etwas anderes….

Die Saison in Wien neigte sich dem Ende und damit auch mein Vertrag am Volkstheater denn ich hatte ja nur noch eine Produktion:

„Die Comedian Harmonists"
wie passend…
Zwei Jahre lief die Produktion, doch nun nahte das Ende, denn es waren so viele Zuschauer gekommen das es wirklich schon alle mindestens 1- wenn nicht 2 Mal, oder gar öfter gesehen hatten. So wurde es im Juni abgespielt und damit auch meine Zeit in Wien und am Volkstheater.

Doch dazu später.

Eines Tages, Anfang Mai, ich war mal wieder auf der Suche nach einer Bleibe, las ich eine Interessante Anzeigen im Internet. Angeboten wurde ein Zimmer in einer Altbau Wohnung, in einer berühmten Straße, einer Allee, welche vom Alexander Platz bis nach Pankow führt, direkt an der U2.

*„Die **Linie U2** der U-Bahn Berlin hat 29 Stationen und ist 20,7 Kilometer lang. Sie beginnt im nordöstlich gelegenen Ortsteil Pankow, führt durch das*

östliche Zentrum mit dem <u>Alexanderplatz</u> und durch den alten Stadtkern über den <u>Potsdamer Platz</u> zum <u>westlichen Zentrum</u> (<u>Wittenbergplatz</u>, <u>Bahnhof Zoo</u>) und über das <u>Olympiastadion</u> zur Endstation <u>Ruhleben</u>. Wie die Linien <u>U1</u>, <u>U3</u> und <u>U4</u> gehört sie zum vor 1914 eröffneten Teilnetz der Berliner U-Bahn, das wegen der schmaleren Fahrzeuge und Tunnel als „<u>Kleinprofil</u>-Netz" bezeichnet wird." (Wikipedia)
(Na? Welche Allee mag das wohl sein?)

Angeboten wurde das Zimmer von einer Frau, mit Hund, so stand es in der Online Anzeige, die kein Handy besaß, das stand auch in der Anzeige. Aber offensichtlich hatte sie einen Computer und auch Internetzugang den sie regelmäßig benutzte, sonst hätte sie bestimmt keine Online Anzeige geschaltet. Aber kein Handy. Ja sie lesen richtig und sie fragen sich wie alt die Frau wohl war? Das fragte ich mich auch und ich rief die Festnetznummer an…Es ging ein Anrufbeantworter dran, ohne wirkliche Nachricht. Kennen sie das noch? Also es spricht eine mechanische Stimme zu ihnen mit dem

Text:
"Momentan ist niemand erreichbar sprechen sie nach dem Piepton"

Das tat ich dann, wie in den Neunzigern…gelernt ist gelernt. „Ja hallo mein Name ist Christian, ich interessiere mich für das Zimmer, es wäre nett, also wenn es noch frei ist, dass sie mich zurückrufen und wir einen Termin ausmachen könnten. Ich freue mich auf ihren Rückruf" Echt *Old School* oder?

Drei Stunden später klingelte mein Handy, im Display blinkte eine Berliner Festnetznummer…richtig es war die Nummer der Dame die ich angerufen hatte…gespannt ging ich dran…"Ja hallo hier spricht Christian"
Am anderen Ende antwortete mir eine Frau.

Wie zu erwarten war…doch die Stimme klang so gar nicht alt, sondern sehr erfrischend. Ihr Name war Anniken…das kommt wohl aus Skandinavien…doch sie hatte weder einen Akzent, noch etwas anderes irritierendes in der Stimme. Ich war positiv überrascht. Wie es sich herausstellte war sie bildende Künstlerin, Anfang 30 und wohnte mit ihren Hund alleine in der besagten Altbauwohnung und suchte nun jemanden zur Untermiete. Ich war neugierig und wir machten für den Abend einen Termin aus. Ich wohnte ja noch in meinem Lieblings Hostel am Rosa Luxenburg Platz und hatte eigentlich keine Eile. Doch wie der Zufall es so will, war die Wohnung, Anniken und der Hund, nur zwei Stationen, mit der U2, entfernt. Eigentlich schon Schicksal, wenn man bedenkt wie groß diese Stadt ist und wo die Wohnung hätte sein können…Also das sind vom Hotel keine 3 Minuten mit der U2.

Eigentlich müsste ich immer nur gerade aus laufen, die Allee entlang und so nach 2 Kilometern wäre ich da.

Das sind so 20 Minuten zu Fuß…und das in einer Stadt in der man von einem Ende zum anderen also von Westen, sagen wir mal Spandau bis nach Osten, sagen wir mal Köpenick, gut und gerne zwei ganze Stunden brauchen kann. Ich fuhr mit der U2, also in 3 Minuten und suchte die Hausnummer. Ich stand auf der Allee und orientierte mich nach der Richtung…also es ging Richtung Pankow…nach 100 Metern entdeckte ich die besagte Hausnummer. Altbau, Gründerzeit und an der Hochbahn, 1. Stock. Das störte mich aber wenig ich war ja schließlich in einer Großstadt da gehört eine Geräuschkulisse für mich dazu. Wir waren für 18 Uhr verabredet. Punkt 18Uhr Ortszeit drückte ich den Klingelknopf mit ihrem Namen. Ohne das die Gegensprechanlage ein Geräusch von sich gab ertönte der Türöffner…ich wurde blind erwartet…ich ging die

Stufen des alten Hauses hoch bis zu ersten Stock…die Tür stand einen Spalt auf… ich klopfte und dann öffnete sich die Tür und in der Tür stand Anniken hinter sich ein wedelnder freundlicher großer Hund ein, Golden Ret Riever, wenn ihnen das was sagt.

Anniken war also Mitte 30, sah aber jünger aus und der frische natürliche Typ mit bernsteingrünen Augen, bernsteingrün? Na ja so amberfarben, schlank, mittelgroß und mit einem Lächeln was sie sehr sympathisch machte. Ich war das anscheinend auch, denn nach einer Stunde machten wir aus das ich am nächsten Tag einziehen kann, in die Altbauwohnung zu Anniken und dem Hund, in die Allee. Wir waren uns auf Anhieb sympathisch und auf der gleichen Wellenlänge. Die Wohnung war sehr klassisch eingerichtet mit ihren hohen Stückwänden und dem rotem Sofa und dem dunklen Parkettboden. Es sah aus wie im Foyer eins alten Theaters.

So gefiel mir das, mir fiel nichts ein was ich geändert hatte…Ich probte für meine Revue im grünen Salon die ich mit einem Kollegen geschrieben hatte und auch mit ihm probte. Ich wohnte nun 3 Minuten mit der U2 von der Volksbühne entfernt. Ich wohnte in der Allee mit Anniken und dem Hund in der Altbauwohnung die so richtig wie die Wohnung eines Künstlers aussah. Anniken hatte sie selbst renoviert und eingerichtet. Ihr Herzblut steckte in der Wohnung, das merkte man und wir merkten dass wir uns sehr sympathisch waren und noch viel mehr, die Bildende Künstlerin und der Bühnenkünstler.

Es war so als wenn wir uns schon ewig kennen würden. Alles beruhte auf Gegenseitigkeit.
Es war einfach da dieses Gefühl der Vertrautheit.

"Wir sind uns vorher nie begegnet doch ich hab dich schon lang vermisst…"

So verbrachten wir schöne Tage in der Natur vor den Toren Berlins, meist in Buch, mit dem Hund und wunderschöne Abende auf dem roten Sofa mit Wein, guten Gesprächen und mit noch etwas mehr…

"Jetzt bist du ja da"…alles nahm seinen Lauf…wir nahmen das so hin…

Anniken malte und arbeitete an Skulpturen, denn sie war eine hochbegabte Künstlerin mit einer Spitzenausbildung an einer staatlichen Hochschule…also etabliert. Ich passte da wohl gut hinein als verrückter Bühnenkünstler und alles gefiel mir so gut. Meine Revue hatte dann auch Premiere und sollte dann in der nächsten Saison gespielt werden. So die Planung. Es wurde Juni und alles war so perfekt, mit Anniken, in dieser Künstleridylle in Berlin, in der berühmten Allee, in der Altbauwohnung mit Hund, die aussah wie das Foyer eines wundervollen alten Theaters.

Dann kam der Tag, es war Ende Juni und ich wohnte nun schon seit sechs Wochen im Paradies in der Allee, an dem ich für eine Woche vereisen musste um dringende Dinge im Westen, also in Wien zu erledigen.

Es kam der Tag des Abschiedes von Wien.
Ich für zu meiner letzten Vorstellung.
Der Dem Niere der „Commedian Harmonists". Das Stück wurde am Ende der Spielzeit abgespielt. Letzte Vorstellung, ausverkauft und ab in den Sommer. „Der Herr aus der Pateizentrale" gab seinen Abschied. Die meisten anderen blieben noch eine Spielzeit und sollten auch dann gehen, weil es ja eine neue Intendanz gab. Außer Alex und ein paar andere die durften auch unter den neuen Leitung bleiben…man brauchte sie wohl.

Da hatte ich wenigstens ein paar bekannte Gesichter wenn ich wieder mal da sein würde, dachte ich mir.

Abschied in Wien, willkommen in Berlin. Meinen großen Koffer nahm ich mit, es war ein warmer Sommermorgen. Wir verabschiedeten uns innig.

Willkommen und Abschied…doch diesmal sollte es nur ein Abschied auf Zeit werden, denn es war eigentlich die Gelegenheit sich darüber klar zu werden wie die Zukunft aussieht, denn Anniken und ich waren die ganzen Wochen über zusammen und ich beschloss eine Entscheidung zu fällen. Eine Entscheidung für die Allee.

Eine Woche war vergangen.

Aus Wien schrieb ich ihre eine Mail mit meiner Entscheidung für sie und buchte freudig das Busticket in die Bundeshauptstadt. Kurz vor meiner Abfahrt bekam ich eine Antwort. Doch der Text war nicht von Anniken. Ein Kollege von ihr teilte mir mit das er von Anniken ihren Laptop bekommen hätte um sich um alles zu kümmern.

Sie wäre für unbestimmte Zeit weggefahren, sie bräuchte eine Pause. Wohin wüsste er auch nicht und die Wohnung wäre auch leer und ich musste mich gedulden bis sie wieder da sei und das alles mit ihr klären.

Was war passiert?

Ich wusste es beim besten Willen nicht.

Ich fuhr zur Allee, ich hatte ja keinen Schlüssel den hatte ich vergessen, ich war ja in der Annahme das man mich erwartet. Diesmal gab es kein Geräusch des Summers, diesmal nicht…
Die Wohnung war unbewohnt. Sie war wirklich nicht da und auch kein Hund und das wohl für länger. Ich suchte sie…im Mauerpark…am Bahnhof der Ringbahn, in den Stationen der U2.
Ich fuhr raus nach Buch wo sie so gerne mit dem Hund ist…gefunden habe ich sie nicht. Zu erreichen war sie auch nicht, weder per Festnetz, E-Mail, noch per Handy.

Beides hatte sie nicht im Betrieb bzw. im Besitz.

"Momentan ist niemand erreichbar, sprechen sie nach dem Piepton"

Sie war perfekt untergetaucht. Ich war traurig und enttäuscht und versuchte gleichzeitig sie zu verstehen.

Monate später, im September, habe ich den Rest meiner Sachen bekommen. Wir verabredeten uns per Mail in der Wohnung. Sie war wieder erreichbar und ich fuhr zur Allee. Doch noch ein Happy End, denn ich wusste das da diese Magie ist und sie wusste das auch. Ich klingelte und diesmal erklang der Summer ich ging die Treppen hoch wie damals als wir uns das erste Mal trafen. Die Tür war einen Spalt geöffnet und öffnete sich dann ganz.

Doch in der Tür stand eine Freundin von ihr, die meinte dass sie verhindert sei und mir meine Sachen gab.

Anniken wollte diese Magie einfach
nicht mehr zulassen.
Doch warum nur?

Nun ja Künstlerseelen sind empfindlich, zumal wenn sie so talentiert sind wie diese Frau, dachte ich mir. Im Nachhinein kann ich es mir nur so erklären, dass als ich nicht mehr präsent war, sie das alles überfordert hat mit dieser Endgültigkeit. Obwohl doch alles perfekt war. Nun ja wahrscheinlich zu perfekt. Sie bekam Angst vor der eigenen Courage, wie man so schön sagt.
Nun ihre Erfahrungen mit zwischenmenschlichen Beziehungen waren wohl nicht die Besten und so zog sie es vor ihren Schmerz in der Unendlichkeit zu suchen, um nicht von einer Endgültigkeit überrannt zu werden,

*„Stell dir vor,
Du kommst nach Ost-Berlin
Und da triffst du ein ganz
heißes Mädchen…*

*...So ein ganz heißes Mädchen
aus Pankow Und du findest sie
sehr bedeutend
Und sie dich auch!*

*Dann ist es auch schon so weit
Ihr spürt, dass ihr gerne
zusammen seid Und ihr träumt
von einem Rock-Festival
Auf dem Alexanderplatz
Mit den Rolling Stones und 'ner
Band aus Moskau!*

*Mädchen aus Ost-Berlin
Das war wirklich schwer
Ich musste gehen, obwohl ich so
gerne noch geblieben wär...!*

(Udo Lindenberg)

So ist das mit echten Gefühlen und die
hatten wir füreinander.
Das muss ich einfach mal so akzeptieren.
Auch wenn es wehtut.

Das ist das Leben und ich denke noch oft an Anniken und die schöne Zeit in der Allee.

Das ist das Leben und manchmal, ja manchmal, bleibt einem eben nur der Blues.

"Sometimes you got to sing the blues, a little lonely on your long long way; you got to sing the blues"

(Stephen Geyer)

II.

Treptow2014

Ich war also nachdem in der Allee alles geschlossen war wieder in meinem Lieblingshostel. Man kannte mich ja und ich bekam auch gleich ein Zimmer. Es war Ende Juni und ich machte mich wieder einmal auf die Suche nach einer passenden Wohnung im Internet in den Kleinanzeigen. Ich wurde natürlich fündig und zwar
in Treptow…Sterndamm…und wir hatten wieder einmal Fußball WM. Es war Anfang Juli und es war ein Zimmer in Sterndamm in Treptow. Sein eigentlicher Bewohner war plötzlich samt Freundin richtig Süden geflohen in die Sommerfrische, dabei war der Sommer 2014 in Berlin heiß genug…ich konnte das Zimmer haben samt Katzen und allem was er so eilig zurückgelassen hat. Der eigentliche Wohnungsinhaber war ein Student der froh war das jemand die Miete seines

Mitbewohners übernahm.
Na ja es war besser als im Hostel das eh im Sommer restlos ausgebucht ist mit Amerikanern die happy Holiday haben und es richtig krachen Liesen na ja das kannte ich ja zu genüge. In Treptow hatte ich meine Ruhe. Die S bahn führ regelmäßig auch die Straßenbahn und auch der Bus, und ein Shoppingcenter gab es auch, am S Bahnhof.

INFORMATION:

Der Bezirk Treptow war in mehrere Ortsteile gegliedert:

Adlershof

- Alt-Treptow
- Altglienicke
- Baumschulenweg (seit 1945), aus Gebietsteilen von Alt-Treptow
  - Johannisthal
  - Niederschöneweide
- Oberschöneweide (1920–1938), danach zum Bezirk Köpenick

- <u>Wuhlheide</u> (1920–1938), danach zum Bezirk Köpenick
- <u>Bohnsdorf</u> (seit 1938), vom Bezirk Köpenick
- <u>Plänterwald</u> (seit 1997), aus Gebietsteilen von Alt-Treptow und Baumschulenweg

(Quelle: Wikipedia)

Die Wohnung lag genaugenommen in Adlershof

In jenem Sommer 2014 war aber mehr als genug los denn im jenen Juli war wieder Sommermärchenzeit mit Samba und wir erinnern uns, ging dieses Märchen sehr golden aus.

Information:

- *Weltmeister wurde zum vierten Mal <u>Deutschland</u>, das im <u>Endspiel</u> <u>Argentinien</u> besiegte.*
  -

- *Mit dem Sieg der deutschen Nationalmannschaft ging der WM-Titel zum dritten Mal in Folge an eine europäische Mannschaft; zum ersten Mal gewann eine europäische Mannschaft auf dem amerikanischen Doppelkontinent. Gastgeber Brasilien verlor im Halbfinale hoch gegen die deutsche Mannschaft und belegte nach dem „kleinen Finale" gegen die Niederlande den vierten Platz. Titelverteidiger Spanien schied bereits nach der Gruppenphase aus. Die Schweiz schied im Achtelfinale aus; Österreich scheiterte bereits in der Qualifikation.*
- *Mit 171 Toren wurde bei dieser WM der Torrekord bei Endrunden mit 32 Mannschaften aus dem Jahr 1998 eingestellt. Die meisten Tore erzielte Deutschland*

So viel dazu. Das ganze Spektakel erlebte ich also am Sterndamm.

Ich brauchte eigentlich kein Fernsehen und auch kein Radio, denn in den umliegenden Wohnungen war genug Geräuschpegel und man konnte daran erkennen was gerade lief.

Ich zog ich es vor in der Wohnung zu bleiben und wartete an was passierte… Nun ja wir hatten Juli und die finale Ko Runde wurde eingeleitet und ich in Berlin mitten drin im kühlen Altbau in Treptow 2014

ES FOLGT KEINE CHRONIK….ICH DANKE WIKIPEDIA

INFORMATION:

Wenn es sie interessiert gehen sie halt auf Wikipedia….

> Das was wirklich für die Ewigkeit bleibt **ist das: Brasilien Deutschland 1:7**

GOOOOOOOOOOOAALLLLLL

Nun ja ich verfolgte das ganze Spektakel als Zuhörer des Szenarios im Haus gegenüber…das war viel spannender denn die Lautstärke des TV Gerätes hatte Stadionqualität.

Die Bewohner der Wohnung gegenüber ließen sich immer wieder zu Kommentaren hinreisen und nach dem 5. Tor für Deutschland erhalte ein Chor mit den sinnigen Versen:

„IHR KÖNNT NACH HAUSE GEHEN"

Nun ja, denkt doch mal nach ihr Coach portatos… die waren zu Hause…hallo? Brasilien?

Belo Horizonte (Estádio Governador Magalhães Pinto)

Dann zum Schluss stand es 7:1 für Deutschland und nun ja Brasilien ging nach Hause…sie hatten es ja nicht so weit.

Den Rest kennen wir alle.
Finale 1:0 gewonnen gegen Argentinien.
Ja ja, die Gauchos….BBQSteak gegen Eisbein…Eisbein hatte diesmal gewonnen.

Ich war mitten drin, als das Eisbein in Berlin feierte in diesem Sommer, es muss der 15. Juli gewesen sein. Ein heißer Tag!

Nun danach verließ ich die Wohnung am Sterndamm. 2 Wochen mit den Katzen und nervigen Nachbarn langten voll und ganz…ich wollte ins Grüne…

Was denken sie? Wo ist es grün in
Berlin? Nun ja z.B. In Treptow.

Ich blieb im Bezirk nur der Stadtteil
wurde sehr rustikal…

Meine Damen und Herren, ich präsentiere:

Information:

*„**Altglienicke** ist ein <u>Berliner</u> Ortsteil im <u>Bezirk Treptow-Köpenick</u>. Bis zur Verwaltungsreform 2001 war es ein Ortsteil des historischen <u>Bezirks Treptow</u>. Die historische Gemeinde Altglienicke des ausgehenden 19. Jahrhunderts geht a Glinik (glina = <u>slaw.</u> für ‚Lehm') aus dem 14. Jahrhundert zurück.*

Altglienicke ist geprägt von Grundstückssiedlungen am Falkenberg und einem Neubaugebiet bei Falkenhöhe in Richtung des <u>Flughafens Schönefeld</u>. Altglienicke gehört zum ältesten Siedlungsgebiet des <u>Bezirks Treptow-Köpenick</u>.

Als Ortsteil eines Verwaltungsbezirks hat Altglienicke laut Berliner Bezirksverwaltungsgesetz[1] keinerlei Selbstverwaltung.

Alle die Region betreffenden Aufgaben werden vom Bezirksamt beziehungsweise der Bezirksverordnetenversammlung (BVV) Treptow-Köpenick von Berlin wahrgenommen.

Altglienicke liegt im Südosten Berlins nahe dem Flughafen Schönefeld. Der Ortsteil befindet sich nordwestlich des knapp 60 Meter hohen Falkenbergs. Der uf das Dorf

Falkenberg und die 1962 eröffnete S-Bahnstrecke nach Schönefeld trennen Altglienicke nach Südosten vom Ortsteil

Bohnsdorf. Nach Norden bildet der Teltowkanal die Grenze zum Ortsteil Adlershof. Westlich schließt sich der Ortsteil Rudow im Bezirk Neukölln von Berlin an.

Im Süden liegt hinter der Berliner Landesgrenze zum Land Brandenburg die Gemeinde Schönefeld.

Der Ortsteil wird topografisch durchzogen vom Übergang des Höhenzuges Teltow zum Berliner Urstromtal, der sogenannten „Hangkante". Daher liegt umgangssprachlich der historische Ortskern „vor" oder „unter dem Berg", die weiteren, erst später erschlossenen Siedlungsgebiete nach Süden hin am oder „auf dem Berg". Östlich des 1951 von der Reichsbahn errichteten Berliner Außenrings befindet sich die einst vor allem von Villen geprägte Altglienicker Ortslage Falkenberg.Altglienicke besteht darüber hinaus aus zahlreichen Siedlungen mit eigenem

Charakter, im Wesentlichen Spreetal, Altglienicker Höhe, Grüneck, Sachsenberg, Falkenhöhe, Altglienicker Grund und Preußensiedlung. Diese – aus der Flur kommenden –

Bezeichnungen spiegeln sich noch heute in verschiedenen Straßennamen wider."

(Quelle: Wikipedia)

Nun eigentlich ist damit schon alles erzählt, ich wohnte im Grünen, mit bester Anbindung an U und S Bahn…wenn diese ausfielen was durchaus vorkam, in diesem Sommer 2014, dauerte es wirklich auch mal 2 Stunden vom Bahnhof Friedrichstraße bis Altglienicke…

Nun ja „Berlin ist halt ne Wolke" wie der Einheimische so schön sagt…oder ist mir das jetzt eingefallen??...Na ja wenn sie mal da sind fragen sie einfach mal nach.

Der Wohnbungalow im Garten der Siedlung war wie für den Sommer gemacht…aber nur für den Sommer denn ab September wurde es merklich kühler im Grünen.

Der Sommer endete und ich war die ganze Zeit damit beschäftigt zu Proben um die Revue an den Start zu bringen.

Doch die Volksbühne teilte uns kurzfristig mit das wir also der Grieche und ich nicht in den Spielplan gekommen sein. Der Grund eine nicht zu erwartende Anzahl von Zuschauern.

Das ist eben Berlin.

Ich musste mich anderweitig nach einem Engagement umsehen.
Gegen Ende September, verlies ich Treptow nach einen denkwürdigen Sommer 2014.

III.

Kreuzfahrtfieber I

Ich zog wieder in Richtung Zentrum,
wenn es so was in Berlin überhaupt gibt.
Für mich hieß das in diesem Fall
Hermannsplatz, im Zenit zwischen
Tempelhof, Kreuzberg und Neukölln.

In der Nähe der Neuen Welt, einem
berühmten Veranstaltungsort (googeln
sie mal nach) fand ich eine neue Bleibe.

*„Die **Neue Welt** liegt am östlichen Ende
der Hasenheide im Berliner Bezirk
Neukölln. Das Gelände am Fuß des
Rollbergs wurde seit 1867 als Standort
für Bierausschank-Gärten genutzt."*

Es war inzwischen Oktober geworden
und Herbst. Ein lauer Wind wehte durch
die Straßen und die Bäume im Park an
der Hasenheide wurden gelb.
Ich jedenfalls suchte nach einem
Engagement, was in Berlin schwer zu

finden ist. Nicht nur im Herbst wenn alle Stellen belegt sind.

Aber was soll ich ihnen sagen an einem Mittwoch bekam ich eine Mail, mit einem Hinweis auf ein Stellenangebot das wie für mich gemacht war.
Ich wollte schon oft zur See fahren, auf einem Kreuzfahrtschiff. Nur als was? Na ja ich hatte mich schon einige Male beworben, auch in Berlin, Jahre zuvor. Als Theaterleiter, bekam aber eine Absage und damit war das Thema für mich erledigt und ich ging ja dann eh nach Wien. Nun war ich ja Vakant und nach allen Seiten offen. Ach ja die Mail…Von einem Jobportal wurde mir eine Stellenanzeige gemailt. Es wurde kurzfristig ein Entertainment Manager gesucht, für ein neues Großes Kreuzfahrtschiff. Das war doch mal eine gute Nachricht. Obwohl ich mich erst einmal 2 Stunden kundig machen musste was ein Entertainment Manager überhaupt so macht.

Bzw. was ein Kreuzfahrschiff genau so macht. **Information:**

Ein **Kreuzfahrtschiff** ist ein Passagierschiff, dessen Aufgabe nicht die Beförderungsleistung von einem Hafen zu einem anderen, sondern die Reise (Kreuzfahrt) an sich ist. In der Regel werden mehrere touristisch interessante Ziele einer Region oder eines Seegebiets in einem bestimmten Zeitraum planmäßig angelaufen

In erster Linie lassen sich Kreuzfahrtschiffe auf Grund ihres Einsatzgebietes in Hochsee- und Fluss-Kreuzfahrtschiffe einteilen. Weltweit standen Kreuzfahrtinteressenten im Hochseebereich im Jahr 2008 insgesamt 310 Schiffe mit einer Kapazität von 370.000 Betten zur Verfügung.[1]

Es gibt unterschiedliche Möglichkeiten Schiffe zu kategorisieren. Aufteilungen nach Größe, Geschäftsmodellen oder Lebensstilen sind üblich. Je nach Interessen, Charakter, Alter und finanzieller Situation der Reisenden stehen Luxus, Abenteuer, Bildung, Kultur, Unterhaltung, Fitness, Wellness, spezielle Themen oder Erholung im Vordergrund. Die Größe, Ausstattung und Besatzung ist der jeweiligen Zielgruppe angepasst.

Die Erfindung der Kreuzfahrt wird der Peninsular&OrientalSteam Navigation Company zugeschrieben. Dieses Unternehmen begann als Schifffahrtslinie zwischen England und der iberischen Halbinsel. 1840 nahm es den Postdienst nach Alexandria auf. Ab 1844 bot es Luxuskreuzfahrten nach Gibraltar, Malta und Athen an. P&O Cruises gelten als ältestes Kreuzfahrtunternehmen Europas.

Als Pionier der Nutzung der freien Winterkapazitäten der Schifffahrtslinien für Kreuzfahrten gilt der deutsche ReederAlbert Ballin, Generaldirektor der Hamburger Hapag. Da im Winter die Transatlantik-Passagen wegen des schlechten Wetters und der unruhigen

See deutlich weniger gebucht wurden, sandte Ballin die *Augusta Victoria* 1891 testweise zu einer „Bildungs- und Vergnügungsfahrt" ins Mittelmeer. Diese Fahrt war durch und durch erfolgreich – das Schiff war komplett ausgebucht, die „Kreuzfahrt" geboren. Diese Form der Seereise wurde sehr schnell beliebt, viele Reedereien boten in ihrem Programm zusätzlich Kreuzfahrten an.

In der zweiten Hälfte des 20. Jahrhunderts wechselte die Nachfrage vollständig von der Passage (Überfahrt) zur Kreuzfahrt: Durch die Entwicklung des Verkehrsflugzeugs nahm der Anteil des Flugverkehrs auf Langstrecken zu; Reedereien verloren entsprechend im Passagegeschäft und konzentrierten sich zunehmend auf Kreuzfahrten und entdeckten weitere Einnahmequellen wie die Landaufenthalte mit organisierten Ausflügen. Bis Ende der 1990er/Anfang der 2000er Jahre waren noch sehr viele Kreuzfahrtschiffe im Einsatz, die als

Passagierschiff gebaut worden waren. Beispiele dafür sind das ehemalige französische Flaggschiff *France*, später _Norway_, die _Queen Elizabeth 2_ oder die _Rotterdam_. Vereinzelt wurden auch Segelschiffe für diesen Zweck umgebaut, wie etwa die _SeaCloud_ oder auch neu gebaut, wie die _Royal Clipper_.

So jetzt wissen wir alle, in Kurzform, was es darüber zu wissen gibt.

Ich hatte ja keine wirkliche Ahnung was so an Bord von echten Kreuzfahrschiffen so los ist. Ich bewarb mich trotzdem, das war eine Chance dachte ich mir zumal es dieselbe Firma war, wie vor 4 Jahren. Ein Mega Veranstalter mit 3 Buchstaben. Ich bewarb mich online an einem Donnerstag im Oktober.

Am Freitag, also am nächsten Tag meldet sich um 9 Uhr mein Handy zu Wort…ich ging zu spät dran…Berliner Festnetznummer.

Ich rief zurück und am anderen Ende war der Reiseveranstalter mit den 3 Buchstaben.

Genauer gesagt die künstlerische Abteilung.

Ich hätte mich kurzfristig beworben und sie suchten kurzfristig, wir wurden uns darüber schon mal einig. Ich bekam auch gleich einen Termin zum Vorstellungsgespräch am folgenden Dienstag.

Das Wochenende und den Montag verbrachte ich meist damit mich über den Job zu informieren. Ich musste ja gut vorbereitet sein. Ich wollte den Job unbedingt wie ich zunehmend merkte. Ich wünschte es mir so sehr. Am Dienstag um 11Uhr vormittags war der Termin. Man suchte wohl dringend kurzfristig jemanden geeigneten der einsprang ohne vieles hin und her. Das war mein Ding da bin ich ja Spezialist.

Da ich nun kurzfristig einspringen konnte und die Firma mit den 3 Buchstaben kurzfristig suchte, wurden wir uns einig. Es gab zwar noch einen Bewerber, aber ich war mir sicher dass ich schon sehr überzeugend war. Nach zwei Stunden um 13 Uhr stand ich wieder auf der Friedrichstraße in Berlin und ging in die Kantine des BE und einen Espresso zu trinken.
Es wurde spannend.

Am nächsten Tag um 12Uhr wurde ich von den 3 Buchstaben angerufen. Ich bekam den Job.

Ich war nun als Entertainment Manager auf einem Mega Kreuzfahrtschiff vorgesehen. Die Konditionen waren super und der Vertrag bekam ich per Mail. Mein Einsatz sollte so schnell wie möglich erfolgen, da der bisherige Entertainment Manager schon auf seine Ablösung wartete. Ich musste noch einiges erledigen.

Zum Amtsarzt und alle wichtigen Unterlagen also Pass usw. einreichen. So eine Ablösung wird normalerweise 2 Monate vorbereitet, in meinem Fall waren es gerade mal 2 Wochen. Also bekam ich auch nur eine Schnellstunterweisung per Telefon in die wichtigsten Dinge des Schifflebens und seiner Gepflogenheiten. Die Sicherheitstrainings usw. würde ich dann an Bord bekommen. Es gibt ja sehr viel Disziplin an Bord und Hierarchie aber damit würde ich schon schnell zurechtkommen und so ein Schiff nun ja ich dachte die wissen was sie tun, die kennen sich aus. So richtig kannte ich mich ja nicht aus, mit Riesen Schiffen. bzw. mit schwimmenden Theatern in meinem Falle und so aber ich verschaffte mir erst mal einen Überblick:

Das Schiff kann in 1.253 Kabinen 2.506 Passagiere aufnehmen (bei 2 Pers./Kabine). Um die Passagiere kümmern sich ca. 1.000 Mann Besatzung. Etwa 90 % der Kabinen sind

Außenkabinen und davon mehr als 80 % Balkonkabinen.

Das Schiff verfügt über 15 Decks und ist mit circa 99.700 BRZ vermessen. Es ist ca. 295 m lang sowie 35,8 m breit. Der Tiefgang beträgt 8,05 m.

Und es hat ein Theater…!

Und was für eins…der Hauptsaal hat über 1100 Sitzplätze…die Volksbühne in Berlin verfügt gerade mal über 900!

Ich bekam ein Department wie man das so schon nennt.

Ich bekam die Verantwortung für über 50 Mitarbeiter. Zum Vergleich, das ist ungefähr die Größe eines Landestheaters…wie z.B…Marburg (zig)

Zwei Wochen später hatte ich alles zusammen und bekam das Ticket.

Doch wo lag das Schiff?

Es war Ende Oktober und da so ein Schiff immer dem Sommer hinterherfährt, ist da wo der Sommer ist, im Oktober, der Atlantik vor Afrika.

Das Schiff war in diesen Gewässern unterwegs auf der Route:

Agadir-Kanaren-Madeira-Kapverden.

Ein Traum im regnerischen November.

Ein Überblick gefällig?

Information:

Geographie

Der **Atlantische Ozean**, auch **Atlantik** genannt, ist nach dem Pazifik der zweitgrößte Ozean der Erde. Als Grenzen gelten die Polarkreise und die Meridiane durch Kap Agulhas im Osten und Kap Hoorn im Westen. Die von ihm bedeckte Fläche beträgt 79.776.350 km²,

mit den Nebenmeeren 89.757.830 km²
und mit dem Arktischen Ozean
106,2 Millionen km², insgesamt etwa ein
Fünftel der Erdoberfläche.[1] Dabei liegt
die durchschnittliche Wassertiefe (bei
Einschluss aller Nebenmeere) bei 3293
Metern.

Agadir

Agadir ist eine Hafenstadt am Atlantik
im Süden Marokkos, etwa 500 km
südlich von Casablanca mit 600.177
Einwohnern. Agadir ist Hauptstadt der
Präfektur Agadir-Ida ouTanane und der
Region Souss-Massa. Wikipedia
Wetter: 39 °C, Wind aus W mit 29 km/h,
16 % Luftfeuchtigkeit
Ortszeit: Dienstag, 15:41
Bevölkerung: 421.844 (2014)
Anzahl Der Flughäfen: 2
Hochschulen und Universitäten:
IbnouZohr University,
FacultyofSciencesAgadir

Madeira [mɐˈdɐiɾɐ] (vom
portugiesischen Wort *madeira*, „Holz")

ist eine portugiesischeInsel 951 km südwestlich von Lissabon und 737 km westlich der marokkanischen Küste im Atlantischen Ozean. Sie gehört mit der kleineren Insel Porto Santo und der unbewohnten kleineren Inselgruppe IlhasDesertas zur Inselgruppe Madeira, die gemeinsam mit den ebenfalls unbewohnten IlhasSelvagens die Autonome Region Madeira bildet.

Die Bewohner von Madeira heißen Madeirer und Madeirerinnen, das Adjektiv zu Madeira lautet madeirisch. 94,5 % der Bevölkerung Madeiras gehören der katholischen Kirche an. Madeira hat etwa 235.000 Einwohner auf einer Fläche von 801 km². Davon entfallen 741 km² auf die Hauptinsel Madeira und 42,5 km² auf die kleinere Insel Porto Santo, 14,2 km² auf die Ilhas Desertas sowie 3,6 km² auf die Ilhas Selvagens.

INFORMATIO
NINFORMATI
ONINFORMAT
IONINFOMATI
ON……………

!!!!!!!!!!!!!!!!!!!!!

Noch mehr?
Also gut!

Als Teil Portugals gehört Madeira zum Gebiet der Europäischen Union. Die Zeitzone ist wie im Mutterland Portugal WEZ und entspricht im Winter der koordinierten Weltzeit (UTC + 0, gegenüber Mitteleuropa − 1 Stunde). Für die Zeit von Ende März bis Ende Oktober ist wie im übrigen Europa die Sommerzeit eingeführt, so dass die Zeitdifferenz das ganze Jahr über unverändert bleibt.(Wikipedia)
Das muss genügen

Mein Zielflughafen war Agadir in Marokko, dort lag das Schiff, dort stieg ich zu. Das Ticket von Frankfurt aus versprach schon Spannung, das heißt die Route: Frankfurt-Madrid-Casablanca-Agadir. Zwei Zwischenlandungen mit Wechsel, alleine das fand ich schon Abenteuerlich.

„Wir sind frei
Frei wie der Wind
Wir sind frei
Wir sind wer wir sind
Wir sind stolz ohne Scheu
Unzertrennlich und treu
Ja wir sind frei
Wie der Wind

Ohne Grenzen ohne Mauern ans Ende dieser Welt
(Komm mit uns auf große Fahrt)
Kein Sturm zerstört die Bande die uns zusammen hält
(Komm mit uns auf große Fahrt)

Wirst du heut mit uns gehen dann wirst
du es verstehen
Denn Freiheit ist und Freiheit ist dein
Lohn"
Santino

Dort ging es also hin…auf nach Agadir, auf zum Atlantik.

V.

Auf nach Agadir

„Doch du Maria, dich nenne ich Marokko, denn da will ich seit langem hin. Ich habe keine Ahnung, was in Marokko los ist. Am Ende will ich gerade deswegen hin. Ich weiß. Warte ab, ich komme, Kind, bis dann..."

(Wolfgang Niedecken, Liebesleed)

Ende Oktober war ich nun auf dem Flughafen Frankfurt/Main und wartete auf den Abflug nach Madrid. Ich wartete und wartete…denn der Flug hatte Verspätung….ganze 4 Stunden, in Worten vier! Die Spanische Airline hatte wohl ein Sicherheitsmanko du dürfte vorerst nicht starten. Dann ging es los…der Komm andante war an genervt was man am Rasanten Start erkennen konnte und außer dem sprach er nur Spanisch…doch egal ich war auf dem Weg.

Mit vier Stunden Verspätung landeten wir in Madrid und eigentlich hätte ich 5 Stunden Aufenthalt in der spanischen Hauptstadt gehabt, doch wenn sie mitgerechten haben bei 4 Stunden Verspätung machte das gerade mal 1 Stunde…also alle halb so schlimm so konnte ich gemütlich Richtung Gate gehen. Schon ging es weiter mit der Marokko Airways nach Casablanca…diesmal pünktlich.

Viel gesehen habe ich von Casablanca allerdings nichts…noch nicht einmal *Ricks Café*…komisch eigentlich….das kennt doch eigentlich jeder.

Nun ja ich wollte, nein ich musste ja nach Agadir wo das Schiff war. Bzw. am nächsten Tag anlegen sollte und ich zusteigen sollte. Der Zeitplan war im Rahmen und die Maschine hob pünktlich ab und landete auch pünktlich so gegen 21 Uhr Ortszeit in Agadir. Der örtliche Hafenagent erwartete mich schon, nachdem ich eine halbe Stunde am

Schalter gestanden hatte…und ich gütiger Weise einreisen dürfte. Er meinte das Schiff würde morgen gegen 10 Uhr eintreffen und er fährt mich nun zur Übernachtung in mein Hotel wo er mich dann gegen 9Uhr30 wieder abholt und zum Schiff bringt. Das Hotel war ein Traum es war warm und man konnte mit einen Glas Rotwein in der Hand aufs Meer schauen…Traumhaft die Ruhe vor dem Sturm. Nach 3 Glas Rotwein bin ich dann selig eingeschlafen in der Vorfreude auf den nächsten Tag. Das Frückstückbüffett war, sagen wir es mal so, überschaulich.

Das größte am ganzen Buffet war das Bild des Marokkanischen Königs! Hört sich an wie eine schlechte Hotelkritik!

Nun ja auf mich wartete ja Luxus pur in Form eines brandneuen 4 Sterne + Luxuskreuzfahrtschiff.
Der Agent holte mich pünktlich um 9Uhr30 ab. Für Marokko außergewöhnlich dachte ich mir…für

Marokkaner wohl auch…doch das ist
Seefahrt pünktlich und diszipliniert.
Immer diese Vorurteile.

Da lag sie groß und hoch und
schön…unübersehbar…blau und weiß
Das Schiff3…ich ging zur Gangway und
ein Crewmitglied erwartete mich schon.
Ich ging die Gangway hoch, voller
Wagemut in das Innere des Ozeanriesen,
bereit für abenteuerliche Reisen.

Als erste musste man einchecken im
Crewbereich dort bekam man seinen
Ausweis musste seinen Pass abgeben
und eine Checkliste was alles zu holen
sei…vor allen die Borduniform…Ich
erfuhr auch gleich das ich als
Entertainment Manager Senior Officer
sei und die Uniform immer an Bord
tragen muss.

Ich sah etwas ratlos auf mein 50kilo
Privatgepäck in der Vorahnung das
davon mindestens mal 40 Kilo ungenutzt
im Koffer bleiben werden.

Nun ich hatte alles erledigt und wartete nun auf meinen Vorgänger der mir alles zeigen sollte und mich auch die nächsten zwei Wochen einweisen musste.

Dann ging die Tür auf und mein Name wurde gerufen.
Jetzt ging es also los.

Vor mir stand ein Mann mittleren Alters in Uniform mit Lametta, also viel Lametta auf den Schultern…drei Streifen...das ist schon viel, also nach meiner Kenntnis gab es nur noch 3,5 und 4 Streifen. Er hatte eine etwas krumme Haltung und eine etwas schiefe Mimik. Sollte ich jetzt Haltung annehmen? Na ja ich tat es nicht, denn er könnte sich ja etwas veralbert vorkommen. Der Mann war, wie es sich herausstelle mein Vorgänger, also der Entertainment Manager von Das Schiff3 an Land war er wohl Theaterregisseur und war auch schon Oberspielleiter gewesen. Nennen wir ihn den „krummen Regisseur".

Er sollte mich nun in die Geheimnisse einweihen…immerhin war die Abteilung so groß wie ein Landestheater.

Er zeigte mir erst mal meine Kabine, also meine vorzeitige, denn er wohnte ja noch in meiner, also noch in seiner, denn so wie ich erfuhr hatte jeder Senior Offizier eine feste Kabine mit seinen Rang, also gab es nicht nur eine Kapitäns Kabine sondern auch eine feste Adresse für den Kreuzfahrt Direktor und auch eine feste Adresse für den Entertainment Manager.

Wow dachte ich mir…voll wichtig nehmen die so was. Nicht irgendeine Kabine sondern eine die ihren Zweck erfüllt. Das hieß für mich eigentlich das ich nur zur dementsprechenden Kabine gehen muss um den Verantwortlichen anzutreffen, egal wer derjenige gerade war, die Kabine war also immer die gleiche…geschickt gedacht…und sagt auch schon viel aus, aber dazu später.

Wir verabredeten uns in einer Stunde auf dem Ammisierdeck, wie er es nannte. Meine (Übergangs) Kabine war super, im Bug gelegen mit Fenster unter Der Brücke mit bester Aussicht nach vorn und beste Aussicht auf den Horizont. Ich zog mich um und wurde so mit Crewmitglied…mit Namensschild auf dem mein Name und meine Funktion an Bord stand. Ich trug von nun an eine weiß-blaue Uniform…ohne Lametta…das hatte ja noch mein Vorgänger. Ich öffnete die Kabinentür und ging hinaus in Richtung Amisierdeck um mit meiner Tätigkeit zu beginnen.

Ich traf sozusagen meinen Stab:

Den Theatermanager, den Klanghausmanager, den Musikalischen Leiter, den Technischen Leiter und den Assistenten. Man machte sich bekannt und ich begann zu sehen was mein Stab so macht. Ich war ja wie es im Jargon so schön heißt ihr Supervisor!

Mein Supervisor war Franz, der Kreuzfahrt Direktor oder auch Cruisingdirektor genannt mit der schönen Abkürzung CD. Abkürzungen sind an Bord eines Schiffes gang und gebe, spart Zeit und sagt auch vieles aus….denken sie mal nach.

Nun gut, meine Abkürzung lautete EM…oder auch Enter-Man…klingt doch sehr Abenteuerlich. Nun ja der CD, also Franz, fuhr wohl schon lange und oft auf Kreuzfahrtschiffen.

Er war Anfang 50 und ehemaliger Musicaltänzer…er war sogar Vortänzer bei ganz großen Produktionen in den 80er/90er Jahren gewesen wie er betonte. Dann hatte er sich auf Unterhaltung spezialisiert und fuhr wohl ganz gut damit. In dem Beruf muss man zeitig den Absprung machen, also als Tänzer und das hatte er wohl geschafft. Er war beim Gast immer gut drauf und machte gezielte Witze auf mittlerem Niveau. Mir wurde alles gezeigt. Die

Büros, das Theater, das Klanghaus, ein Art Konzertsaal mit Bühne, die Technik und alles weitere. Es gab Techniker, Backstage Mitarbeiter, Artisten, Tänzer, Musiker, Sänger und Schauspieler…das komplette Palette.

Ich lernte sie alle noch an diesem Tag kennen. Am Abend liefen wir aus, raus auf den Atlantik, Richtung Kanaren. Adios Agadir!

Christian ist an Bord und auf großer Fahrt.

„Soweit die See und der Wind uns trägt
Segel hoch Volle Fahrt Santiano
Geradeaus wenn das Meer uns ruft
Fahren wir raus hinein ins Abendrot
Die Segel aufgespannt und vor dem Wind
Leinen los Volle Fahrt Santiano
Siehst Du dort wo der Mond versinkt
wollen wir sein bevor der Tag beginnt

Soweit die See und der Wind uns trägt
Segel hoch Volle Fahrt Santiano

*Geradeaus wenn das Meer uns ruft
Fahren wir raus hinein ins Abendrot"
Santiano*

Ich war voll im Kreuzfahrfieber---!

V.
Auf dem Atlantik

Da schipperte ich nun, auf dem Vergnügungsdampfer, auf der Route Agadir-Kanaren-Madeira-Kanaren-Agadir. Jede Tour dauerte zwei Wochen. Als Einzel Buchung 1 Woche. Ein und aus check war aber nicht Agadir sondern Gran Canaria. Denn die Reise hieß, Kanaren mit Madeira, bzw. Kanaren mit Marokko. Jeden Sonntag gab es Passagierwechsel Las Palmas. Zuvor steuerten wir aber noch die Kap Verden an…das ist sozusagen das Ponton zur Karibik. Ich war mitten in der Einarbeitung und es ging gut voran.

Was eine große Gefahr an Bord von solchen Schiffen ist. Ist das irgendein Virus sich breitmacht. Nun ja 3500 Menschen auf relativ wenig Raum ist eine Gefahr vor allem wenn man in Länder unterwegs ist wie den Kap

Verden…da schleppt man Ruck Zuck was ein….

Das ist aber normale Härte in der Seefahrt und auf Schiffen, wie der Schiffsarzt mir in einen Gespräch in der Champagner Bar, welche sich am Ende des Schiffes , also am Heck befand, bei einem guten Glas Rotwein, eines Abends erklärte. Na da war ich beruhigt und wir machten die Champagner Bar zu unseren Club und dort war ich dann immer zu finden am Ende des Tages…ein Ritual eben. Von wegen Virus…da kann nix passieren…Noch einen Wein Herr Doktor?

Auf den Kap Verden ist es wie im Paradies, klares Wasser und natürliche Menschen, die sogar mit Ziegen auf den Schultern zum Markt laufen…na ja die Hygiene ist etwas rustikal und ein örtliches WC möchte man dort besser nicht aufsuchen…aber sonst das Paradies.

Als wieder in Richtung Kanaren ablegten schien alles in Ordnung, doch dann ergaben einige Routine mäßige Proben das wir einen kleinen fiesen Virus an Bord haben. Die Konsequenz war das wir alles täglich desinfizieren mussten…per Hand…Der Krumme Regisseur übernahm gleich mal den ersten Reinigungsdienst im Büro und auch ich säuberte vorbildlich die Oberflächen. Das gesamte Entertainment machte nun eine Art Showputzen im Theater und überall wo man gesehen wurde.

Nach 7 Tagen putzen war der kleine fiese Virus wieder verschwunden. Doch wohin…? Na ja egal, auf so einem Schiff wird eh jeden Tag 24 Stunden sauber gemacht.

Die Shows jedenfalls waren aufwendig und intensiv diese dauern in der Regel 60 Minuten, von 21 Uhr bis 22Uhr also nach dem Abendessen, das hat alles Plan und Sinn. Nach zwei Wochen hatte ich

alles in Griff, kannte die Abläufe die
Shows und meine Mitarbeiter. Ich hatte
vor das eher netter zu machen als mein
Vorgänger der doch eher den
Gutsherrenton, gerade bei den
Stabsleitern anschlug. Na ja seine
Sache…ich wusste Bescheid wie der
krumme Regisseur so tickt und das er
mit Vorsicht zu genießen ist, genauso
wie Joker Franz, aber dazu später.

Also im Gespräch kam zu Tage, dass er
eine oder eher die Regisseurin mit der
lauten Stimme kennt!
Wen? Landeshautstadt?
Wir erinnern uns? Staatstheater?
Tätowierte Rose? Ja genau….Die!
Na ja oder eher nicht… Stimmt aber dies
ist eine eigene Geschichte…die sie noch
lesen müssen!

Dass er diese Dame näher kannte und
auch über sie mit ihren Vornamen
sprach, was kein gutes Zeichen ist. Vom
gleichen Schlag? Na ja ich ging nicht
näher darauf ein…denn bald übernahm

ja ich das Kommando im Entertainment Bereich, als Head of Department, mit viel Lametta und vielen spaßigen Aufgaben und viel Verantwortung.

Zu meinen Aufgaben gehörten nicht nur morgens zwei Meetings mit CD und anderen, sowie Meeting mit meinem Stab Meeting mit CD, Hotelmanager kurz HM, bzw. Hot-Man genannt und dem General Manager, GM, kurz G-Man genannt. Überhaupt gab es sehr viele Meetings was mir im Nach hinein auffällt. Dann gab es jede Woche Empfänge für die neuen Gäste: Sogenannte Cocktails…also Jubiläums Cocktail…Vielfahrer Cocktail…VIP Cocktail und einige bei Bedarf mehr. Man steh mit den andere Offizieren Spalier du begrüßt die teilnehmenden Gäste. So was hält man den Gast bei Laune und gibt ihm das Gefühl eine echter VIP zu sein. Das alles in Festuniform.

„Wow, wie fesch die Damen und Herren doch heute wieder sind"
Dann musste man die Shows überwachen, Berichte schreiben und an Meetings und Lagebesprechungen teilnehmen. Man war bei der Größe des Schiffes vollvernetzt und hat sogar ein eigenes Telefonnetz und einen eigenen Apparat den man immer mit hat um immer erreichbar zu sein.

Das alles hatte ich mitbekommen, doch nun sollte ich das Lametta übernehmen und das alles in Eigenverantwortung ausführen.

Sie merken das jetzt was ich da merkte, das ist kein 8 Stunden Job von 8 bis 16 Uhr. Das ist ein 16 Stunden voll unter Strom Job den man nicht nebenbei macht. Das ist keine klassische Arbeit, das ist ein Leben. So nahm ich es mir auch vor. Ich wusste ja nun alles. Wer wer war…wer was machte…und wie alles so aussah. Ich war bereit. Dann eines Tages nach 14 Tagen an Bord, bekam ich die EM Kabine und zog dort ein. Der krumme Regisseur machte sich zu Auschecken bereit noch 3 Tage…Ich bekam das Lametta, was so üblich ist das man es weiterreicht bzw. das zeigt wer das Kommando hat.

Nun ja man denkt sich ja das ist eine Riesen Zeremonie. Der General Manager stülpt die Klappen mit dem Lametta über, wünscht viel Glück und bedankt sich bei deinem Vorgänger der nun noch 3 Tage auf Abruf ist, wenn halt was ist…und das Büro ist deins.

Na ja nicht ganz…der Krumme Regisseur saß im EM Büro. Ich kam rein, er schaute hoch setze sich auf den Stuhl gegenüber des Schreibtisches, also dort wo immer die Bittsteller saßen und wies auf die auf dem Schreibtisch liegenden Lametta Stücke hin. Dann gab er mir das EM Telefon und meinte „viel Glück" er wäre dann mal auf dem Sonnendeck und wenn man ihn brauchte solle man ihn suchen. Dann war er weg.

Ich stand im der Schaltzentrale und war nun offiziell Head of Department Entertainment, Entertainment-Manager von DasSchiff3 EM…oder auch Enter-Man genannt. An Land so was wie der Intendant eines Landestheaters, nur alles enger.

Ich schaute noch kurz durch den Türspalt meines neuen Büros ob er auch wirklich weg war, zuckte mit den Schultern und streifte mir die Lametaklappen mit den drei Streifen auf dir selbigen.

Das machte schon was her…doch das ist nicht für einen selbst gedacht, das ist vor allen ein Erkennungszeichen für alle anderen. Von nun an würde jeder an Bord wissen das ich der Verantwortliche war…Krass…muss das wirklich jeder wissen?

Mit Lametta ging ich nun ans Werk und hatte nun die Verantwortung für meinen Stab und für insgesamt 55 hochsensible künstlerische Mitarbeiter…äh 56? Mich selbst hab ich da jetzt mal eingerechnet.

Mein Vorgänger verlies das Schiff3, keiner war da, außer ich, ich bin ja ein höflicher Mensch obwohl ich mich fragte warum ich der einzige war…wissen sie es? Nun ja ich habe wahrscheinlich andere moralische Auffassungen als er, aber ob die ankommen?

Das war eine gute Frage.

Ich hörte den Wind rufen:
„Komm mit uns auf große Fahrt"
Ich nahm die Einladung dankend an…ich hatte ja auch keine andere Wahl ich war ja schon mittendrin…mittendrin in der Geschichte um Freiheit, Mythos und Legenden. Was war dran?
Ich sollte es bald erfahren.

*„Wir Freibeuter der Meere stehen immer fest zusammen
(Komm mit uns auf große Fahrt)
Ein jeder für den andern sind Brüder Mann für Mann
(Komm mit uns auf große Fahrt)
Denn an Bord sind alle gleich egal ob arm ob reich
Und Freiheit ist und Freiheit ist der Lohn"* (Santiano)

VI.

Die Große Freiheit

Wir kreuzten also im Atlantik.
Agadir, Kanaren, Madeira.

In Agadir bin ich dann nicht mehr
raus…die Fischfabrik wo wir anlegten
tat ihr übriges…ein Gestank…

"…dich nenne ich Marokko, denn da
will ich seit langem hin. Ich habe keine
Ahnung, was in Marokko los ist. Am
Ende will ich gerade deswegen hin. „
(Wolfgang Niedecken, Liebesleed)

Nun wusste ich es ja und ich muss sagen
es ist schön dort, im Morgenland, doch
ich bevorzuge die Kanaren.

Die Kanaren sind toll, verschiedene
Klimazonen

Teneriffa - die Größte Insel der Kanaren

Der Passatwindgürtel bestimmt das Wetter auf dieser Kanareninsel. Durch den beständig wehenden Nordostpassat herrschen ozeanisch-tropische Klimabedingungen. Die Klimatabelle zeigt das für die Kanaren typische Klima ohne extreme Ausschläge - das ganze Jahr über herrschen angenehme Temperaturen. Aber es bestehen leichte Wetterunterschiede zwischen Norden und Süden der Insel: Der Norden befindet sich auf der dem Passatwind zugewandten Seite, während der Süden abgewandten Seite liegt. Die Nordseite ist damit leicht im Nachteil - mehr Wolken und über das Jahr verteilt mehr Regen.

Fuerteventura - feiner Sand und eine erholende Brise

Fuerteventura hat zusammen mit Lanzarote den wenigsten Niederschlag innerhalb der Inselgruppe. Wie auf alle Kanaren finden Sie hier ein mildes, gemäßigtes Klima vor. Der stete Nordost-Passatwind sorgt allerdings für eine dauerhafte leichte Brise, die häufig einmal an den Stränden zu spüren ist, aber sehr angenehm sein kann.

Gran Canaria - in den Dünen von Maspalomas

Auch auf der drittgrößten Insel der Kanaren finden Sie ein sehr ausgeglichenes Klima wieder, die Klimatabelle zeigt keinerlei Extreme.

Durch die wenigen Regentage ist es auf der Insel sehr trocken, auch hier sorgt der Nordost-Passatwind häufig für eine leichte Brise. Durch die hohen Berge im Zentrum der Vulkan-Insel bilden sich auf der Insel einige Mikroklimata. Als Faustregel ist im Nordosten daher manchmal kühler als im Südwesten.

La Palma - die grüne Insel

La Palma ist auch bekannt als "La islaverda" - die grüne Insel der Kanaren. Wer neben Badeurlaub auch wandern will, ist hier gut aufgehoben. Klimatisch zeigt sich auch auf dieser Insel ein gemäßigtes Klima, in den Wintermonaten regnet es dabei etwas häufiger als auf den übrigen Kanaren. Durch den "CubreVieja", einen nord-südlich verlaufenden Gebirgszug, finden sich auf La Palma unterschiedliche Mikroklima-Zonen: auf der Südwest-Seite ist es meist wärmer und es fällt auch weniger Regen als auf der Nordost-Seite der Insel.

Lanzarote - Cesar Manriques Fantasie-Insel

Zuweilen bläst roter Sahara-Wind über diese kanarische Insel. Sonst erwartet Sie aber auch hier viel Sonnenschein bei ganzjährig gemäßigten Temperaturen.

Innerhalb der Inselkette nimmt Lanzarote eine Sonderstellung ein - hier sind die Vulkane direkt erlebbar, hier kann man in die eigenwilligen Inselkunstwerke von Cesar Manrique eintauchen.

Quelle: https://www.reise-klima.de/klima/kanaren

Da fehlt aber was...

La Gomera
Insel in Spanien-La Gomera ist nach ElHierro die zweitkleinste der sieben Hauptinseln des zu Spanien gehörigen Kanarischen Archipels im Atlantischen Ozean.
Fläche: 369,8 km²
Bevölkerung: 21.952 (2006)
Provinz: Provinz Santa Cruz de Tenerife
Inselgruppe: Kanarische Inseln

Die schönste Insel von allen wie ich finde...

Es ist wirklich etwas für wahre Liebhaber und wenn sie den Strand entlang gehen kommen sie an eine Bank also zum Sitzen und von dort können sie den Horizont sehen...und die entgegenkommen Schiffe...so muss es auch 1496 gewesen sein bei Christopher Columbus der ist von dort losgefahren um die neue Welt zu finden.... Aber auch...
Madeira ist toll.

Datenblatt:

Inselgruppe Madeira

Koordinaten: 32° 45′ 17° 0′ W |

Länge 57 km

Breite 22 km

Fläche 740,7 km²

Höchste Erhebung

PicoRuivo
1862 m

Einwohner	267.785 (2011) 362 Einw./km²
Hauptort	Funchal

So jetzt sind sie informiert wo wir uns in an dieser Stelle der Geschichte befinden.

ATLANTIK-ATLANTIK-ATLANTIK

Auf dem Atlantik war es warm…
und ab und zu gab es heftige
Regenschauer. Der CD, also Franz
schwor hoch und heilig auf seinen
Wetterradar auf dem PC.

Aus dem Fenster konnte man nicht sehen…es waren innen liegende Büros. In der Planung verließ er sich 100% darauf was der PC ihm anzeigte.

So plante er auch die Außenveranstaltungen auf dem Pool-Deck. Nun Ich verlasse mich ungern auf so was. Ich gehe lieber auf Deck und überzeuge mich persönlich…Einmal bestand er drauf das sein PC Recht hat denn dieser zeigte an das der Himmel klar ist und es 28 Grad Celsius sein. Nun da war Party angesagt…Poolparty! Dumm nur das so ein Wetterradar Verzögerungen anzeigt. Ich meinte „die Party fällt ins Wasser" und schaltete die Außenkamera an…und siehe da, diese wurde gerade von eine heftigen Regenguss geradezu weggespült…

Er murmelte etwas von
„keine Party"…
und versank in seinem PC.

Ohne hin waren so einige komische
Leute unter den Offizieren und mit
komisch meine ich nicht das man mit
denen Lachen kann.
Nehmen wir z.B. den Safety
Officer…wie der Name schon sagt ist er
für die die Sicherheit an Bord des
Schiffes zuständig. Ein bierernster
Bulgare, 2 Meter hoch ein Meter breit,
mit Bart. Nun es gibt immer wieder
Training für die Crew, sie würden von so
etwas nichts mitbekommen, außer bei
der vorgeschriebenen Anfangsübung.

Was ja auch sinnvoll ist, je größer das
Schiff je mehr Sicherheit braucht man
halt. Bei über 1000 Personen Besatzung
ist das auch nötig. Bei einer dieser
Übungen spielte einer meiner Musiker,
ein verträumter Tscheche, der noch nie
auf einem Schiff war…sondern eher in
Opernhäusern zu Hause war, mit seinem
Smartphone und übersah den bärtigen
Bulgaren….dieser ihn nicht…mit seinen
Adleraugen erfasste er den

unaufmerksamen Übeltäter sofort, dieser stand geistig etwas abwesend auf seinem Posten und tippte eine SMS oder so…Katastrophe!
„Im Ernstfall geht das ja auch nicht"…meinte der Safety, total aufgebracht und stellte den Übeltäter zur Rede und informierte seinen Vorgesetzten…also mich!

Na ja dachte ich mir, vielleicht wollte er einen Notruf absetzen…oder den Wetterbericht abrufen, um zu wissen ob er im Rettungsboot nass werden würde…durchaus denkbar.

Das sagte ich so auch dem Bulgaren, der wohlgemerkt einen halben Streifen mehr hatte als ich…warum das so war merkte ich dann schnell. Er musste ja seine Autorität untermauern…Man muss dazu anmerken das auf dem ganzen Schiff, unter 1000 Personen Besatzung, es nur 9 Personen gibt die mehr als drei Streifen tragen… Er war einer davon.

Ich trug drei…klar soweit? Also er fand
das nicht lustig, obwohl ich die
Anmerkung schon ernst meinte…na ja
so fast…Er kündigte Konsequenzen an.
Ich würde noch Informiert und zog ab.
Am Abend rief der Kapitän, also der mit
dem Vier Streifen, mich an…!
Am nächsten Morgen, um acht Uhr (…)
saß ich mit dem Musiker vor einer Art
Tribunal. Ja, ein richtiges
Disziplinargericht. Mit einem
Ankläger…also den Bulgaren und einem
Richter also dem Kapitän…und mit mir
als seinen Vorgesetzten…also der des
Musikers.
Der Bulgare forderte eine Strafe!
Ich dachte mir meinen Teil.

Was sollten die schon mit ihm machen?
Wir sind ja nicht auf der Bounty
im 18. Jahrhundert.
Masten gab es hier auch keine wo sie ihn
hätten festbinden können und
auspeitschen?

Obwohl es gibt ja einen großen
Schornstein…ach was…na ja so
ähnlich…die vorgehen weise erinnerte
mich schon an so eine Tradition der
Seefahrt: Disziplinargericht, die es heute
immer noch gibt, wie ich merkte und
live und in Farbe erlebte.

Nun ja kein auspeitschen-keine Planke-
sondern…Beförderungsstopp!
Was normalerweise den wackeren
Seemann sehr trifft, denn auf der
nächsten Reise gibt es nicht mehr Geld.
Bei meinen tschechischen Freund war
das egal-Da gab es keine Beförderungen
und musikalischer Leiter wollte er
sowieso nicht werden, jedenfalls nicht
auf dem Schiff.
Na ja das wusste das Tribunal wohl
auch, aber es kommt auf die Geste an.
Da kennt man keine Gnade!
Na ja irgendwie nachvollziehbar, sonst
läuft alles aus dem Ruder!

Man kann es aber auch übertreiben…jedenfalls aus meiner Sicht, aber ich bin ja nur der Enter-Man und nicht Captain Black Beard oder… Judge Dreath…sic…Stallone lässt grüßen.

Bei einer dieser Übungen als wir in Madeira am Pier lagen machten wir sogar eine Bombenübung mit der Evakuierung des Schiffes, also simuliert.
Alle Mann in die Boote…!
Also in diesem Fall das Pier.

Über 1000 Personen standen vor dem Schiff anstatt darin.
Der Safety und der Security ein Israeli, wo ich nicht wissen wollte wo der seinen Job gelernt hat…egal ich und sie können es sich denken, samt Kapitän hatten sie ihren Spaß und einen perfekten Tag, da auch die Bombe gefunden wurde…
Im Kindergarten hinter dem Comic fernsehen…wie gemein ist das denn?
Böse Buben…!

Dann ging es am Abend wieder auf den
Atlantik….Frei wie der Wind!
Langsam bekam ich jedoch meine
Zweifel an dieser Art von Romantik.
Mit großer Freiheit hatte das, bei
genauerer Betrachtung, wenig zu tun.

VII.

Leben, Liebe
und der Augenblick

Die Shows liefen, die Musiker spielten, die Sicherheit war perfekt.   So lief es nun Tag für Tag und Woche für Woche. Am Sonntag war immer Gästewechsel und auf dem Sonnendeck sah es dann immer aus wie auf einem Flüchtlingsschiff mit restalkoholisierten Gästen die auf den Liegen auf den Check Out warteten zusammen mit den noch nüchternen Neuankömmlingen die auf den Check IN warteten . Denn die Kabinen mussten ja noch auf Vordermann gebracht werden.

Ich persönlich über nahm dann immer das Stairguiding also zeigte mit meiner Crew den Neuankömmlingen alles und beantwortete Fragen die beliebteste von allen war: Wo ist das WC?!

Franz, der CD, fand das merkwürdig er meinte zu mir das ich der einzige mit 3 Streifen wäre der das persönlich macht.
Na ja schlimm genug, wo ist denn da der Vorbildcharakter…nahe am Gast…da kann auch mal der Commandante zeigen wo der Abort ist…er schüttelte nur mit dem Kopf und delegierte weiter…
Na ja ich bin halt gerne ganz nah dran am Geschehen.

Von Morgens um 6 Uhr ging die Unterhaltung, mit dem Frühsport los und endete erst um 3 Uhr Nachts wenn die Borddisco schloss.
Ich war also mindestens 21 Stunden auf Abruf…!
Montags war es besonders lustig…ich moderierte das Kochduell in der Sportarena, im Hemd um danach 5 Minuten Zeit zu haben in Galauniform zum Suiten deck zu eilen um dort mit den anderen Führungsoffizieren die VIP zu begrüßen.

Ich zog mich hinter der Sportarena schnell um…etwas frisches Deo und los ging es mit schnellen Schritten über die Laufbahn,
150 Meter zum Suiten deck…wie einen schlechten Film, denken sie jetzt?
Die Szene kam schon ziemlich nahe dran.

An Bord ist man halt nie allein und die Leute die auf so einem Schiff arbeiten haben verschiedene Gründe dafür.

Die Philipinos die immer auf Kreuzfahrern arbeiten, als Koch oder an der Bar oder als Kellner, verdienen damit relativ viel Geld für ihre Familien…sie sind 8 Monate im Jahr unterwegs und vier Monate zu Hause und von dem Geld schicken sie ihre Kinder auf die Schule und kaufen sie sich nach 10 bis 15 Jahren an Bord, ein Geschäft und so gut leben zu können.
Das ist halt ihr Leben.

Andere wiederrum entfliehen der Wirklichkeit weil sie z.B. Ihren Führerschein verloren haben…oder wollen der EX-Frau oder dem EX-Mann entfliehen.
Wie auch immer, viele bleiben einfach hängen und fahren so mit dem Schiff um die Welt…viele von ihnen sogar Jahrzehnte. Das ist fast so wie der *„Fliegende Holländer"* von Wagner…echt gruselig.
Nun ja ihre Sache…ich war dar weil ich es erleben wollte…Abenteuerlust halt.

Genauso abenteuerlustig wie Tanja die Assistenzärztin, die den Job dazu nutze etwas von der Welt zu sehen.
Sie war Ende 20, blond und frech und aus Wuppertal…
Sie hatte nach ihren Examen angeheuert…nun ja verständlich, wer Wuppertal kennt!

Wir freundeten uns an und da man nicht
gerne alleine ist wurde mehr
daraus…wir kamen zusammen.
Es war super schön wir waren auf einer
Wellenlänge und verbrachten unsere
freie Zeit miteinander.
Beim Landausflug… nach 22Uhr
in der Champagner Bar und danach auf
der Kabine.
Nein, keine Details…das ist wie immer
Privatsache, aber nur so viel, es war wie
bei so vielen der Crew an Bord.
Das ist allerdings eher etwas für den
Moment, und nicht für die Ewigkeit.
Für einen Abschnitt halt, an Land hält so
was meist so gut wie nie. Doch egal,
daran denken die wenigsten in solchen
Momenten man genießt einfach den
Augenblick.

Und schon fallen einem wieder die
„Comedian Harmonists" ein:
„Das ist die Liebe der Matrosen!
Auf die Dauer, lieber Schatz
Ist mein Herz kein Ankerplatz!

Es blühen an allen Küsten Rosen
Und für jede gibt es tausendfach Ersatz!
Man kann so süß im Hafen schlafen
Doch heißt es bald: "Auf Wiedersehen!"

Das ist die Liebe der Matrosen
Von dem kleinsten
Und gemeinsten
Mann bis rauf zum Kapitän!"
(Die Liebe der Matrosen)

Nun ja, das ist so glaube ich, die radikalste Ansicht. Ersatz gab es für uns keinen, wie waren da schon fest zusammen, wir lebten und wir liebten halt den Augenblick.
Und glauben sie mir es waren viele wunderbare Augenblicke: Auf dem Atlantik, am Strand von La Gomera, auf dem Berg hoch über Madeira und anderswo auf diesen Inseln, vor Afrika.

VIII.
Fluch der Kapverden

Wenn man es also richtig anstellte hatte man sogar Freizeit die man auch brauchte. Es wurde Dezember und die Weihnachts-Deko kam. Es wurde dekoriert was das Zeug hielt und am Adventsonntag gab es weihnachtliche Musik unter Palmen und es wurde stressig…wie die Vorweihnachtszeit so ist. Viele Gäste fliehen vor dem Stress in den Urlaub, andere wieder bringen die ganze Familie mit um in einer besonderen Atmosphäre das Fest der Liebe zu begehen. Das sind Unstimmigkeiten vorprogrammiert. Wir alle an Bord, die ganze Crew arbeiteten in der Adventzeit daran es so richtig Stimmungsvoll zu machen. Die Altersstruktur ist dann sehr offen, vom Kleinkind bis zum Rentner und in den Ferien kommen dann noch die Teenager dazu. So ist das Konzept auch ausgelegt.

Gemischtes Publikum,
für Jeden etwas dabei.
Vom Kindergarten bis zum Casino
und dass alles auf fast 300 Metern
Gesamtlänge. Zweitausendfünfhundert
Gäste, mitten drin im Atlantik
als Insel der Seligen.

Ich plante tolle Events z.B. an
Nikolaus…dort setzen wir einen
Freiwilligen, ich glaube mich zu
erinnern das es der Zahlmeister
war…also einer der jenseits von Gut und
Böse ist was die Darstellung solcher
Personen anbetrifft, in Szene. Die Idee
kam von Franz der meinte das hätten sie
schon öfter gemacht am 6. Dezember für
die Kinder und alle die eine solche Show
tollfinden. Ich hatte so eine Ahnung da
was da kam und meinen Leuten wollte
ich das nicht zumuten was dem
Darsteller bevorstand…ich hätte das
noch nicht einmal selbst gemacht, und
das will etwas heißen.

Doch zum Glück meldete sich der Kollege Freiwillig und voller Begeisterung für die Aufgabe des Nickolaus und bekam auch gleich sein Kostüm. Eigentlich ist das ja harmlos. Der Nikolaus läuft über das Schiff, schüttelt Hände und verteilt in Auftrag der Angehörigen Geschenke für unsere kleinsten und manchmal wenn der jeweilige Partner großzügig war auch für die großen. Dann setz er sich in einen Thron singt mit den Gästen und der Crew Weinachtlieder und alle die wollen werden an Nikolaus beschenkt und wenn die Eltern die kleinen tatsächlich vergessen haben sollten hat der Onkel Enter-Man noch ein paar Süßigkeiten extra auf Lager. Damit es kein Drama gibt. So kennen wir das und so lieben wir das.

Jetzt fragen sie sich bestimmt wo denn dass das Problem war? Nun wir sind ja in diesem Moment am 6. Dezember, auf einem Schiff, auf einen großen Schiff,

mitten auf dem Atlantik...wo also soll
da der Weihnachtsmann herkommen?

Franz wusste die Antwort, denn er hatte
ja wie er betonte solche Aktionen schon
öfter gemacht...Na von wo kommt den
nun der nette alte Mann, der in
Wirklichkeit ja der tollkühne
Zahlmeister war?
Nicht vom Himmel mit seine Kutsche
mit den Rentieren ...nein das hätte uns
niemand abgenommen und war
technisch ja auch nicht möglich.
Er kommt...auf einem Boot!

Mit seinem Sack, das es authentisch
aussieht und das es wirklich authentisch
aussieht wird er morgens mit einem
Tenderboot mit seinen Helfern die auch
alle verkleidet sind aber in Wirklichkeit
erfahrene Deckmatrosen sind, ausgesetzt
und das es noch echter aussieht fährt er
erst einmal, unbemerkt von allen, vom
Heck aus Richtig Horizont, um dort zu
verschwinden um dann Stunden später

dort wieder aufzutauchen sich dem
Schiff nähert und die Show
beginnt...klar soweit?
Der CD Franz erzählt sofort über die
Bordsprechanlage von der wichtigen
Begebenheit und alle stürmen an Deck
um zu sehen was bzw. wer sich da
nähert....

*"Kinder das sieht aus wie der Nickolaus,
ja er kommt auf uns zu, er will uns
beschenken..."*

Sogar der Safety lächelte selig.

Ich machet gute Miene zum bösen Spiel,
denn das war schon gefährlich...ich
meine das ist der Atlantik und keine
Badewanne, da gibt es Wellen, hohe
Wellen und stürmische See.
Diese Bedenken behielt ich für
mich...ich war ja kein Nautiker. Ich war
der Enter-Man und es gab eh keine
Möglichkeit Franz, und der war ja mit
Vorsicht zu genießen, von dieser Show

abzubringen die bisher immer ein großer Erfolg war, wie er noch betonte.
Das Tenderboot kam näher, der Nikolaus winkte und alle winkten zurück…dann begann es zu regnen und die Wellen wurden höher…wie hoch wollen sie wissen?
So 2, 2.5 bis 3 Meter…und ein Anlegen wurde, sagen wie es nett, etwas schwierig…die Wellen brachen über dem Tenderboot zusammen und alle wurde nass, sehr nass.

Der nasse Nikolaus versucht nun mit allen Kräften an Bord zu kommen.

Franz machte aus der Not eine Tugend und kommentierte das Spektakel wie ein Sport Event, was es ja im gewissen Sinne ja auch war…Die Spannung stieg, schafft es Nikolaus an Bord zu kommen oder geht er unter?
„ Ja da kommt der Nickolaus, Kinder er ist nur für euch da…doch da kommt eine Welle…oh das war hart…und noch eine,

das Boot schaukelt der Nikolaus taumelt…
einer seiner getreuen Helfer verhindert gerade noch das in den Atlantik fällt…nächster Versuch…
…jetzt hängt er an der Bordwand…das Tenderboot muss abdrehen um Platz zu machen damit ihm nichts passiert und möglicherweise zwischen das Tenderboot und die Bordwand zu kommen was normaler weise fatale Folgen haben kann, doch das ist unser Niki, ihm kann gar nichts passieren!"

„Da hängt er am Seil, am Deck3…da kommt eine Welle und spült Niki fast weg, doch er hält sich wacker am Rettungsseil, an der Bordwand fest…keine Angst Kinder wir werden ihn retten wie werden Weinachten retten…wie ziehen ihn hoch….los macht mit, ja alle im Chor …ja zieht, zieht, zieht… ja noch ein Stück Kinder…wie haben ihn, auch wenn jetzt noch eine Welle kommt… aber das kann er ab,

er ist ja der Nikolaus…ja, jetzt geht die Luke auf und er wird reingezogen."
„Herr Kapitän, liebe Kinder, der Nikolaus ist an Bord und es wird heute sehr besinnlich… Wir sehen ihn in einer Stunde. Bis dahin ist das Buffet weiterhin offen… bis später zur spannenden Nikolaus Bescherung, heute am 6. Dezember."

Mensch der Franz hat es halt drauf, der könnte auch *„Wetten Dass?!"* machen, als Außenreporter.

Der Zahlmeister war total fertig und doch stolz das er dieses Abenteuer für sich entscheiden konnte, na ja zum Glück war der Ernst der Lage keinem so richtig bewusst geworden.
Die Leute hielten Nickolaus Zahlmeister für einen genialen Stuntman.
Tanja meinte zu mir dass es eine perfekte Show war und alles so echt ausgesehen hat und fragte dann skeptisch „Das war doch Show…?

Ich sah sie an nahm sie in den Arm und sagt ihr nun, mit sanften Worten:
„Das alles im Auge des Betrachters liegt"
und so schlenderten wir Arm in Arm in Richtung Sonnendeck.

Die Leute wollten alle glauben dass es eine Show war, also war es eine. Nur Franz, Ich, ein paar andere und vor allem der nasse Nikolaus, wussten die Wahrheit…aber die will doch keiner wirklich wissen. Vor allem nicht in der Adventzeit.
Tja die Adventzeit, der Stress spielte sich ein und alles war gut, bis der 15. Dezember kam, Ich saß den ganzen Tag mehr auf der Toilette als in meinem Büro…das merkte auch Tanja…das da irgendetwas nicht stimmte. Tanja meinte das muss der Chef sich ansehen, damit ist nicht zu Spaßen.
Ja das wusste ich ja noch von den Kap Verden. Ich ging zum Chefarzt um mir etwas Linderung zu verschaffen.

Doch dieser sah mich skeptisch an und fragte viele Sachen und nahm eine Laborprobe und gab mir etwas gegen den Durchfall…Mir war unwohl, aber es wurde besser…so glaubte ich.
Am nächsten Tag saß ich wieder im Spital und er kam mit besorgter Miene auf mich zu.
„Nun werter Freund, ich sage es mal so, ein Virus…Kap Verden! Sie waren doch da? Nun ich kann ihn nicht lokalisieren und zu Sicherheit schlage ich vor, sie nicht wie so üblich unter Karantäne zu stellen sondern gleich mit der nächsten Möglichkeit nach Hamburg ins Tropenkrankenhaus auf St. Pauli zu bringen, sicher ist sicher."
Verdammt, der kleine fiese Virus hatte sich versteckt und mich irgendwie erwischt. *„Fluch der Kap Verden"*, na danke auch.
Also ab nach Hamburg und dann zurück nach Madeira, an Heilig Abend das war der Plan.

Nun gut sicher ist sicher, vor allem wenn das ganze Schiff es bekommen kann.

Ich setzte mich also ab um dann wiederzukommen. Am 18. Dezember wurde ich zum Flugplatz nach Madeira gebracht, mit dabei Tanja deren Zeit an Bord eh fast vorbei war und die mich nun sicher als ärztliche Begleitung nach Hamburg brachte. Um 5Uhr morgens startete unsere Maschine im Steilflug in den Himmel Madeiras um über Lissabon nach Hamburg zu fliegen um schließlich dort sicher zu landen.

Am Abend trafen wir im Tropeninstitut ein.

Info:
Tropeninstitut:

Zwischen 1910 und 1914 entstand der dreiteilige Klinkerbau mit Laboratoriumstrakt, Krankenhaus und Tierhaus nach Plänen von [Fritz Schumacher](). Die Hauptfront ist zum [Hafen]() gewandt.

Nach 1945 wurde das durch Bomben beschädigte Gebäude wiederaufgebaut. Ab 2003 wurde ein neuer Trakt auf dem Gelände des ehemaligen Tierhauses gebaut, der Ende Januar 2008 in Betrieb genommen wurde. Insbesondere die Hochsicherheitslabore wurden vollständig neu konzipiert und gehören seitdem zu den sichersten der Welt.

Ich wurde untersucht, geimpft und beobachtet. Ob und wann ich wieder auf „*Das Schiff3*" konnte war sehr unklar. Wir hatten den 20. Dezember und Tanja wurde noch einmal in den Atlantik auf das Schiff geschickt, man brauchte sie. Ich musste erst einmal in Hamburg bleiben.

Info:

*Die **Freie und Hansestadt** Hamburg* *[ˈhambʊʁk]; regional auch [ˈhambʊɪç], <u>niederdeutsch</u> Friee un Hansestadt Hamborg[1] [ˈhambɔːχ],*

Ländercode: HH, Abkürzung: FHH oder FuHH) ist als Stadtstaat eine Kommune und zugleich ein Land der Bundesrepublik Deutschland. Ferner ist Hamburg eine Einheitsgemeinde und eine kreisfreie Stadt. Hamburg ist mit 1,79 Millionen Einwohnern die zweitgrößte Stadt Deutschlands, die drittgrößte im deutschen Sprachraum sowie die achtgrößte in der Europäischen Union und dabei die größte, die nicht Hauptstadt eines Staates ist. Hamburg gliedert sich in sieben Bezirke.[12] Die Metropole bildet das Zentrum der fünf Millionen Einwohner zählenden Metropolregion Hamburg.[9]

Der Hamburger Hafen ist der größte Seehafen Deutschlands und gehört zu den zwanzig größten Containerhäfen weltweit.[15] Seit 1996 ist Hamburg Sitz des Internationalen Seegerichtshofs (ISGH). Die gesamte Hansestadt ist einschließlich ihres Flughafens als

Verkehrsknotenpunkt einer der bedeutendsten Logistikstandorte in Europa. Sie ist zudem wirtschaftlich und wissenschaftlich im Bereich der Spitzentechnologien wie der Luft- und Raumfahrttechnik (drittgrößter Standort weltweit, u. a. Airbus und seine Zulieferer), den Biowissenschaften und der Informationstechnik, für die Konsumgüterbranche (u. a. DAX-Unternehmen Beiersdorf AG und Unilever), sowie für die Medienlandschaft und die Kreativwirtschaft bedeutend.

Der heute gültige offizielle Langname Hamburgs ist Zeugnis der langen Geschichte als Mitglied der Hanse, als Freie Reichsstadt des Heiligen Römischen Reiches ab 1189, als unabhängiger Stadtstaat bis zur Deutschen Reichsgründung 1871 und als eigenständiges Land der Bundesrepublik ab 1946.

Zusammen mit [Lübeck](#) und weiteren Städten war Hamburg ein Wegbereiter der Hanse, als Mitglied dieses europaweiten Bundes blühte die Stadt durch den [Freihandel](#) auf, wovon bis heute wertvolle [Kulturdenkmäler](#) zeugen. (Wikipedia)

Nun, da war ich nun, zu Weihnachten in der Hansestadt und wartete ob und wann ich wieder auf den Kreuzfahrer konnte. Mir wurde am 21.Dezember vorübergehend, von der Gesellschaft, ein Zimmer zugewiesen, in einer Wohnung, in einer Straße im Schanzenviertel in Hamburg, im Schulterblatt 73.

IX.

Hamburg-Schulterblatt

Info:

*„Das **Schulterblatt** ist eine Straße in den Hamburger Stadtteilen Sternschanze, Altona-Nord und Eimsbüttel und gilt als Kern des Schanzenviertels. Es ist entstanden aus der Landstraße nach Eimsbüttel und lag im Grenzgebiet zwischen Altona und Hamburg. Von Anfang des 20. Jahrhunderts bis zum Zweiten Weltkrieg war sie eine Einkaufs- und Vergnügungsstraße. Seit Mitte der 1980er Jahre hat sie sich durch die Eröffnung zahlreicher Gaststätten zu einer Kneipenstraße entwickelt.*

Der Name geht zurück auf ein Wirtshaus, das das Schulterblatt eines Wals als Aushängeschild benutzte, so dass die Straße ab etwa 1700 im Volksmund Beim Schulterblatt genannt wurde.[1] *Das Wirtshaus selbst fand*

1717 im Altonaer Grundbuch Erwähnung. Auf einer Karte zum Grenzvergleich zwischen Altona und Hamburg aus dem Jahr 1745 ist die Straße als Bey dem Schulter Blat eingetragen. Die offizielle Benennung in Schulterblatt erfolgte im Jahr 1841.[2]

Bis in die Nachkriegszeit wurde die Straße weitverbreitet der Schulterblatt genannt.[3] Es handelte sich dabei um eine aus dem Missingsch übertragene Ungenauigkeit im Gebrauch des Genus. Diese Ausdrucksweise ist jedoch heutzutage weitgehend verschwunden, stattdessen wird grammatikalisch korrekt das Schulterblatt verwendet"
(Wikipedia)

Da war ich nun Schulterblatt 73, Hamburg.

Weinachten war da und ich nicht mehr auf dem Atlantik….so schnell kann es gehen…ich war innerhalb von zwei

Wochen auf dem Schiff und innerhalb von 2 Tagen wieder runter.

Ich wartete wann ich wieder an Bord könnte. Also man sagte mir frühestens Anfang Januar denn momentan seien alle Flüge ausgebucht. So wartete ich auf Abruf ob sich dann doch noch etwas ergibt…doch nichts.

Weinachten und Sylvester feierte ich mit Kollegen von Schiff3 die gerade in Hamburg waren…Shantychor mäßig.

Ansonsten tat sich nicht viel im Januar, man wollte die Entwicklung meines Gesundheitszustandes abwarten, hieß es aus der Zentrale. Mein Vertrag lief gegen Mitte März aus.

Ich wartete auf neue Einsatzmöglichkeiten.
Ich vertrieb mir die Zeit damit den Norden zu erkunden ob nach Kiel und Lübeck mit der Bahn oder mit der U Bahn in Hamburg und Umgebung.

**OSTSEE-
NORDSEE-
ELBE-TRAVE-
NORD-
OSTSEE-
KANAL**

Ich war oft in Kiel du Lübeck, in La Boe und Travemünde. Ich erholte mich von dem kleinen fiesen Virus. Doch ich musste merken wie schnelllebig das Kreuzfahrgeschäft ist…im Prinzip ist es ja egal wer da sitzt und den Job macht, Hauptsache es gibt jemand der die Streifen hat…für die Firma mit den drei großen Buchstaben war ich wohl abgespielt, wie es so schön im Theaterjargon heißt.

Es wurde April und man sagte mir dass man sich wieder melden werde. Ich musste mich also anderweitig umsehen. Wieder ein Bühnenprogramm?

Hamburg ist eine Theaterstadt, da muss doch was zu machen sein.

Nun, was da geboten wird, ist viel reine Unterhaltung also wenig Tiefgang, nicht so mein Ding. Oder doch?
Wo Tiefgang war, kam man auf die Schnelle nicht rein…also Häuser wie Thalia, Deutsches Schauspielhaus. Kammerspiele…um nur einige zu nennen. So arbeitete ich wieder mit Jugendlichen in der Theaterpädagogik bei freien Trägern und ich muss sagen dass dies schon eine sinnvolle Tätigkeit ist
Ich wohnte immer noch im Schanzenviertel und so vergingen die Monate.

Doch das Fernweh und die See ließen
mich irgendwie nicht los.
Hamburg ist toll.
Vor allem als Heimathafen,
doch ich wollte raus auf hohe See.

Raus in die Welt.

X.

Kreuzfahrtfieber II

Das Kapitel Kreuzfahrten war irgendwie nicht richtig abgeschlossen, dafür endete es ja zu abrupt. Also sah ich mich wiederum wo und auf welchen Schiff man anheuern konnte. Natürlich im Entertainment Bereich. Die 3 Buchstaben fielen aus, da wollte ich mich nicht anbiedern. Es war inzwischen Oktober geworden, ich war öfter an der Elbe und sah sehnsüchtig den Schiffen hinterher. „Komm mit und auf große Fahrt"

Obwohl ich von dieser Scheinromantik nun wusste, konnte ich nicht widerstehen, denn ich wusste ganz genau: Das Kapitel Kreuzfahrt war für mich noch nicht abgeschlossen…! Skipper! Commander? Leinen los! Startet den Motor

und dreht das Schiff den Wind…!
Volle Fahrt voraus…!
…und bringt uns an den Horizont…!

Ich traf auf eine Stellenanzeige eines Deutschen Reiseveranstalters, mit Sitz in der ehemaligen Bundeshauptstadt.

„Entertainment Manager gesucht"

Ich bewarb mich auf der Stelle für die Stelle, da ich ja immer meine Unterlagen parat habe und innerhalb von ca. 30 Minuten eine individuelle Bewerbung per Mail abschicken kann.

Der Veranstalter meldete sich nach drei Tagen. Man erklärte mir dass man mir alles zeigen wollte und über die weitere Vorgehensweise mit mir persönlich am Bord des in Frage kommenden Schiffes sprechen möchte. Ich sagte zu.

Das Schiff ist ungefähr die Hälfte von DasSchiff 3, was die Passagieranzahl anging und auch das Theater war eher

Salon mäßig. Das alles wusste ich also schon vorher, man muss ja vorbereitet sein.

- Schiffsbesatzung: ca. 420, zumeist europäisch und philippinisch
- Passagiere: maximal 1.200, meist deutsche Gäste
- Flagge: Bermuda
- Reederei: V-Ships/Monaco
- Klassifikation: Lloyd Register
- Größe: 44.500 BRZ
- Länge: 231 m
- Decks/Stockwerke: 9
- Antrieb: Wärtsilä, 4 x 9.500 PS
- Reisegeschwindigkeit: 15-18 Knoten

Nennen wir sie die A…und sie ist ein weißes Schiff.

XI.

Die Wesermündung und das weiße Schiff

Die A lag an der Wesermündung, also in Bremerhaven, Nordsee.

*"Die **Nordsee** (veraltet Westsee, Deutsches Meer[1]) ist ein Schelfmeer am Rand des Atlantischen Ozeans im nordwestlichen Europa. Bis auf die Meerengen beim Ärmelkanal und beim Skagerrak auf drei Seiten von Land begrenzt, öffnet sich das Meer trichterförmig zum nordöstlichen Atlantik. In einem 150-Kilometer-Bereich an der Küste leben rund 80 Millionen Menschen. Die Nordsee selbst ist ein wichtiger Handelsweg und dient als Weg Mittel- und Nordeuropas zu den Weltmärkten. Die südliche Nordsee ist zusammen mit dem angrenzenden Ärmelkanal die am dichtesten befahrene Schifffahrtsregion der Welt.*

Unter dem Meeresboden befinden sich größere Erdöl- und Erdgasreserven, die seit den 1970er Jahren abgebaut werden. Kommerzielle Fischerei hat den Fischbestand des Meeres in den letzten Jahrzehnten vermindert. Umweltveränderungen entstehen auch dadurch, dass die Abwässer aus Nordeuropa und Teilen Mitteleuropas direkt oder über die angrenzende Ostsee in das Meer fließen." (Wikipedia)

Dort fuhr ich also hin um mich vorzustellen und um mir alles anzusehen. An einem sonnigen Samstag im Spätsommer 2015 kam ich dort an und sah sie schon vom weiten, zu erkennen am Schornstein. Ich traf den zuständigen Personaler, er zeigte mir alles und wir wurden uns einig, Ich bekam einen Vertrag, erst einmal für eine Reise im Oktober, die Reise ging ins Mittelmeer und hieß „Rund um Italien", 14 Tage lang von Venedig nach Genua.
Wir waren uns einig.

Doch zu vor ging es für eine Woche an die Ostsee, nach Rostock,
ich musste etwas nachholen…Sicherheitsausbildung, man brauchte ja Zertifikate wenn man so richtig mitfahren wollte. Meine Papiere waren nicht vollständig nur intern anerkannt, bei den drei großen Buchstaben. Um ein Seefahrtsbuch zu bekommen braucht man diese Ausbildung. Nun ich kannte und wusste ja alles, doch richtige Papiere und ein Seemannsbuch hatte ich zu diesem Zeitpunkt nicht…das holte ich jetzt nach…die volle Härte…ich wollte wirklich wieder auf einen Kreuzfahrer…
In Rostock ging es zu Sache, eine Woche Hochsicherheitstraining mit Prüfung. Der Safety lässt grüßen, aber hier in echt. Mit Abschuss des Rettungsbootes, Brandschutzausbildung und Sprung in die Ostsee,vom Kai aus 5 Metern, was Bordbedingungen entspricht, aus der Luke von Deck3.

Samt erklimmen der Rettungsinsel in der kalten Ostsee .
Hochsee Sicherheitsausbildung.
Von Morgens um sieben, bis Abend um acht, mit Prüfung.

Ich bestand alles ohne Probleme und bekam meine Zertifikate.
Das Abenteuer konnte weiter gehen.

Die Sehnsucht erwachte und war lange noch nicht gestillt.

Mit der Sehnsucht in der Tasche und meinen frischen Papieren stand ich am Flughafen Frankfurt/Main, und wartete nur auf den Check in zum Flieger nach Venedig.
Dort lag das weiße Schiff, dort ging die Reise im Herbst 2015 los.

Die Reise hieß: Rund um Italien!

XII.

Rund um Italien

Venezia…Venedig, so viele Legenden ranken um diese Stadt.

Venedig (italienisch *Venezia* [veˈnɛts:i̯a], venezianisch **Venesia**[2] [veˈnɛzi̯a] oder [veˈnɛzja]) ist eine Stadt im Nordosten Italiens. Sie ist die Hauptstadt der Region Venetien, Metropolitanstadt Venedig und trägt den Beinamen *La Serenissima* („Die Durchlauchtigste").[3] Ihr historisches Zentrum (*centro storico*) liegt auf einigen größeren Inseln in der Lagune von Venedig.

Die Gesamtfläche Venedigs beträgt 414,6 km², davon entfallen 257,7 km² auf Wasserflächen.[4] Am 31. Dezember 2015 zählte die Stadt 263.352 Einwohner, davon 181.883 in den Stadtteilen auf dem Festland, 58.901 im historischen Zentrum und 29.674

innerhalb der Lagune.[5] In der Lagune befinden sich 118 Inseln.[6] Sie erstreckt sich über etwa 50 km zwischen den Mündungen der Flüsse Adige (Etsch) im Süden und Piave im Norden in die Adria.

Venedig war bis 1797 Hauptstadt der Republik Venedig und mit über 180.000 Einwohnern eine der größten europäischen Städte. Bis ins 16. Jahrhundert war sie eine der größten Handelsstädte, über die der Handel zwischen Westeuropa und dem östlichen Mittelmeer abgewickelt wurde. Venedig unterhielt die meisten Handels- und Kriegsschiffe. Ihr Adel profitierte vom Handel mit Luxuswaren, Gewürzen, Salz und Weizen. Venedig entwickelte sich zum größten Finanzzentrum und dominierte ein Kolonialreich, das von Oberitalien bis Kreta und zeitweise bis nach Zypern reichte.[7] Nach französischer und österreichischer Herrschaft zwischen 1798 und 1866

wurde Venedig ein Teil Italiens.
1929 wurde der Industriekomplex Mestre-Marghera in die *Comune di Venezia* eingemeindet. Der jüdische Anteil der Bevölkerung wurde während des Zweiten Weltkriegs vernichtet. In den Jahren 1965 bis 1970 erreichte die Stadt mit knapp 370.000 Einwohnern die höchste Bevölkerungszahl, die seitdem wieder um etwa 100.000 Einwohner zurückgegangen ist.

Venedig und seine Lagune stehen seit 1987 auf der UNESCO-Liste des Weltkulturerbes.[8] Sie haben überaus häufig inspirierend auf Künstler gewirkt, und Venedig wurde eine der am häufigsten von Touristen aufgesuchten Städte. Seit einem Jahrhundert ist die wirtschaftliche Struktur der Altstadt einseitig auf den Tourismus ausgerichtet, während sich die industrielle Tätigkeit vor allem um Mestre und Marghera auf dem westlichen Festland konzentriert.
(Wikipedia)

So nun wissen wir mal alle mal wieder Bescheid.

Ich wurde mit anderen Gästen per Bus zum Schiff gefahren, es war ein warmer Tag und man war nun dem Herbst in Deutschland entkommen. Da lag sie, nicht so groß wie DasSchiff3, doch sie ist halt ein Klassiker die A… Genug geschwelgt, es ging zur Sache.

Das Entertainment wurde hauptsächlich von Rainhard gemanagt, dieser nahm mich im Terminal im Empfang. Er kam aus Hessen, was man sofort hörte und tingelte wohl immer als Moderator zwischen Einkaufscentern wie etwa Offenbach Ost und Schiffstheatern wie etwa der Open Lounge eines Kreuzfahrschiffes, hin und her. Er zeigte mir alles und wies verstärkt darauf hin das es eher leger zu geht, also keine Uniform und keine Streifen im Entertainment Bereich und betonte immer wieder das man im selben Boot sitzt und das er auch nur einer von vielen ist und, und und …Na ja Tatsache war das er nun mal der Supervisor der Künstler ist, und ich und auch sie wissen, nach den Erfahrungen auf Schiff3, nur zu gut wie viel Macht man da hat. Also alles sehr dubios wie ich schnell herausfand, doch das behielt ich für mich…ich wollte ja eine entspannte Reise. Ich bekam auch eine entspannte Kabine, Außen mit Fenster und zentral gelegen in der Nähe der Rezeption. In meiner Luxuskabine zog ich mich um du ging zum ersten Meeting. Ich trug von nun an das übliche Polohemd der Reiseleitung. In schwarz, mit grüner Jacke.

Am Abend, um 22Uhr, legten wir ab. Leinen los, durch die beleuchtete Lagune. Wirklich ein Erlebnis der besonderen Art.
Raus aufs Meer, auf das Mittelmeer. Richtung Koper/Slovenien.

Ich war wieder da…das Abenteuer ging weiter.

Slovenien-Kroatien-Montenegro, das waren die ersten Stationen immer mit Landausflug und Besichtigungen also die Gesamtpallete von Ex Jugoslawien. Dann nahmen wir nach dem vierten Tag Kurs auf Saranda. Wo das liegt? Nun es wird exotisch jedenfalls für den gemeinen Mitteleuropäer. Saranda ist eine Küstenstadt in…Albanien.

„Saranda liegt an einer kleinen, nicht sonderlich geschützten und nach Süden offenen Bucht, die von 200 bis 400 Meter hohen Hügeln umgeben ist. Von hier sind es nur wenige Kilometer zur südwestlich gelegenen griechischen Insel Korfu. Von der fruchtbaren Ebene im Osten ist die Stadt durch einen schmalen Hügelzug getrennt, der sich nach Süden bis zum knapp 20 Kilometer entfernten Vivar-Kanal bei Butrint zieht und sich nördlich der Stadt zu 600 Meter hohen Bergen erhebt. Auf dem Mali i Lëkurësit, der ein Teil dieses Hügelzuges ist und südöstlich des Stadtzentrums liegt,

wurde im Mittelalter eine Burg errichtet (genannt Kalaja e Lëkurësit). Auf einem Hügel weiter nördlich stehen über der Stadt die Ruinen des <u>Klosters der vierzig Märtyrer</u>.

Seit 2015 gehört auch die ehemalige Gemeinde (<u>komuna</u>) <u>Ksamil</u> (2994 Einwohner) auf der Halbinsel südlich zwischen <u>Butrint-See</u> und dem Meer zur Gemeinde (<u>bashkia</u>) Saranda.

Die neue Gemeinde hat 20.227 Einwohner (Stand 2011). Nordöstlich von Saranda liegt 15 Kilometer entfernt im Landesinneren die Kleinstadt <u>Delvina</u>. Im Norden beginnt die <u>Albanische Riviera</u>. (Wikipedia)

Nu es sah dort ungefähr so aus wie an der Costa Brava, Mitte, Ende der siebziger Jahre. Viele Geschäfte, Bauboom und Mercedes Benz, so mein erster Eindruck als ich mit der Reisegruppe ins Landesinnere fuhr.

Ich machte mich als Reiseleiter nützlich
den an Bord gab es nicht wirklich viel
für mich zu tun.

Reinhart behielt vieles für sich… was
taktisch klug, aber für die Sache sehr
unklug ist…den Papierkram versuchte er
anderen unter zu schieben und die
Abendliche Show war sein Domizil.
Er saß meist auf dem Achterdeck mit
seiner Zigarre und beweihräucherte sich
und andere mit Geschichten die eh
keiner glauben wollte. Ohnehin war
vieles anders als ich es kannte. Der
Saftet saß meist des Abends an der Bar
und verschob gern Dinge und Termine
und der Hotelchef saß daneben und gab
eine Runde nach der anderen.
Sehr familiär sozusagen.
Nun gut, so viel dazu, ich dagegen
machte nun hauptsächlich Reiseleitung
und machte so viele Erfahrungen die ich
auf dem Schiff selbst nie gemacht hätte.
Reinhart beschäftigte sich mit einem
anderen Kollegen dem ich wohlweislich

auf den Rat des Personalers aus dem
Weg ging. Es war sozusagen meine
Konkurrenz für den Posten des Enter-
Man auf der A.

Dieser war parallel zu mir an Bord und
der Personaler meinte das wir von der
Qualifikation gleichwertig seinen und er
sehen muss wer und wie man den Posten
besetzt. Und er machte sich Sorgen das
wir uns gegenseitig angiften.

„Keine Sorge" sagte ich darauf.
Das ist nicht mein Stil…aber wohl der
des Kollegen, wie ich heraushörte.

So ging ich ihm einfach aus dem Weg
und lies so ein persönliches
kennenlernen gar nicht erst zu.
Obwohl es schon interessant war ihm
zuzuschauen…hoher Unterhaltungswert!

Der Typ war Amerikaner und sah aus
wie die Karikatur von Frank Sinatra, mit
falschen weißen Zähnen und kurzen
zurückgekämmten grauen Haaren.

„Frankieboy"!
So lief er ständig grinsend über das
Schiff. Eine echte Comic Figur,
mit diesem amerikanischen Akzent.

Nicht mein Ding! So kam es das ich
Gefallen daran fand Landausflüge zu
leiten.

Wir legten nun in Albanien an, ein Land
das ich nur aus schlechten Erzählungen
kannte. Wir fuhren mit einem Bus, der
sich im erstaunlich guten Zustand
befand, in das Landesinnere.

*„**Albanien** (albanisch unbestimmt:
Shqipëri, bestimmt: Shqipëria), amtlich
Republik Albanien (alb. Republika e
Shqipërisë), ist ein Staat in
Südosteuropa bzw. auf der
Balkanhalbinsel. Er grenzt im Norden an
Montenegro und den Kosovo, im Osten
an Mazedonien und im Süden an
Griechenland.Die natürliche Westgrenze
wird durch die Küsten des Adriatischen*

und des Ionischen Meeres gebildet, wodurch das Land zu den Anrainerstaaten des Mittelmeeres zählt. Das Land ist Mitglied der Vereinten Nationen, der NATO, der CEFTA, der Schwarzmeer-Wirtschaftskooperation, der Organisation für Islamische Zusammenarbeit, des Europarates, des Kooperationsrates für Südosteuropa, der OSZE und Beitrittskandidat der EU. Hauptstadt und Regierungssitz des Landes ist Tirana. Der Index für menschliche Entwicklung zählt Albanien zu den hoch entwickelten Staaten.

Mit seiner Fläche von 28.748 Quadratkilometern ist Albanien etwas kleiner als Belgien und hat mit 2,82 Millionen etwas mehr Einwohner als Schleswig-Holstein.

Albaniens Küste an der Adria und am Ionischen Meer ist 362 Kilometer lang. An der engsten Stelle der Adria – der Straße von Otranto – ist sie nur 73

Kilometer von Italien entfernt, beim Ort Ksamil nur zwei Kilometer von der griechischen Insel Korfu. An der Küste gibt es viele Sand- und Kiesstrände. Bekannte Urlaubsorte sind Velipoja, Shëngjin, Durrës und Vlora an der Adria sowie Dhërmi, Himara und Saranda am Ionischen Meer.

Die Landgrenze zu Montenegro und Serbien respektive Kosovo ist 287 Kilometer lang, die zu Griechenland 282 Kilometer und die zu Mazedonien 151 Kilometer. (Wikipedia)

Schön oder? Nun ja meine Vorurteile wurden nicht bestätigt.

Im Landesinneren gab es viel zu sehen und es gibt sehr freundliche Leute. Man sieht aber auch Bauern die kein Auto aus Schwaben haben sondern den klassischen Esel…kein Führerschein oder Tradition?
Kann man sich aussuchen.

Nun ja für meine Verhältnisse waren sie halt im Aufbau und die dortige Jugend ist ebenfalls so an die 20 Jahre zurück.
Im örtlichen Musikfernsehen läuft „Enimen" der Psydorapper, rauf und runter, 90er Jahre halt. Da ist eine enormes Entwicklungspotenzial.
Fahren sie mal hin. Sie werden überrascht sein. Ich war es jedenfalls, im positiven Sinne.

Abends ging es dann schon weiter, dorthin was wie eher als Urlaubsgebiet kennen: Griechenland. Genauer gesagt: Kataklon (Pelepones)

Was sagt denn eine einschlägige Webseite dazu?

„Katakolon ist ein kleines Dorf im Süden Griechenlands an der Westküste des Peloponnes. Das antike Olympia, Geburtsort der Olympischen Spiele, ist gut 30 Kilometer entfernt. Deshalb ist der kleine Ort ein beliebtes Ziel von

Mittelmeer Kreuzfahrten. An den beiden Piers können zeitgleich mehrere große Kreuzfahrtschiffe festmachen. Die Ortschaft besteht eigentlich nur aus zwei Hauptstraßen mit zahlreichen Geschäften, Restaurants und Cafes.

Katakolon und Olympia auf eigene Faust

In Katakolon kann man sich zu Fuß fortbewegen. Die Entfernungen sind nicht sehr groß. Viele Restaurants und Cafes bieten WLAN. Direkt hinter dem sehr langen Pier am Ortsrand liegt ein kleiner Strand.

Das antike Olympia, die Hauptsehenswürdigkeit der Region, ist ca. 35 Kilometer vom Hafen entfernt. Ein organisierter Landausflug ist hier unserer Meinung nach die erste Wahl. Dann sind der Transport, die Eintrittskarten und eine kundige Führung gesichert. Ohne Führung hat man deutlich weniger davon. Man benötigt jemanden, der den Steinen Leben einhaucht. Und die Griechen haben hervorragende Reiseführer. Zudem ist die Liegezeit in Katakolon ist in der Regel knapp bemessen. Und das Kreuzfahrtschiff wartet nicht immer auf verspätete Taxen oder Busse. Wenn Sie es dennoch versuchen möchten, können Sie den Zug nehmen. Der Bahnhof ist direkt hinter der kleinen Einkaufsstrasse. Die Zugfahrt mit dem Katakolon Train ist sehr günstig und dauert etwa 45 Minuten. Zuletzt gab es vier Verbindungen. Morgens um 09:00 Uhr und um 10:30 Uhr und zudem um 14:05 Uhr und um 15:50 Uhr. Zurück geht es um 11:20 Uhr, 15:00 Uhr und 16:37 Uhr. Bitte vorher prüfen!

Ja machen sie das...

Olympia

Olympia ist eine der schönsten und zugleich wichtigsten Ausgrabungen Griechenlands. Und davon gibt es bekanntlich viele. Der Olymp gab ihm nur seinen Namen, weil Zeus hier durch die Olympischen Spiele geehrt werden sollte. Seit 776 v. Chr. fanden sie alle 4 Jahre statt. Aber im Gegensatz zu unserer Zeit fielen sie nicht aus, wenn Krieg war, sondern Kriege fielen aus, wenn Olympische Spiele waren. Friedensspiele! Leider: Frauen durften weder teilnehmen noch zuschauen. Mehr als tausend Jahre lang. Theodosius I. verbot die Spiele 393 n. Chr. Theodosius II. ließ die Kultstätte 25 Jahre später vernichten. Unbedingt ansehen sollten Sie sich zuerst das neue Museum, das u. a. ein Rekonstruktions-Modell der Anlage enthält.

Aber auch, wenn man nicht identifiziert, wo das Gymnasion, die Palästra, das Theokolaion, das Gästehaus, die Thermen, der heilige Bezirk, der Heratempel, um nur einiges zu nennen, liegen: Olympia überwältigt jeden. Im Stadion können Sie noch die Start und Ziel erkennen."

(Quelle: http://www.kreuzfahrt-mittelmeer.eu)

Das alles wollten wir uns natürlich ansehen. Doch wir waren nicht alleine! Kurz hinter uns lief an diesem Morgen um 7 Uhr ein anderes viel größeres Schiff ein...an Bord waren 4500 Landsleute der Comicfigur!
Und fast alle, so an die 4000, von ihnen wollten Olympia sehen.
Es kam zum Wettlauf mit der Zeit!

Wir waren aber schneller und so kam es das die knapp 500 Gäste der A in 10 Reisebussen, vor den 4000 Amerikanern,

die nun wie die Ameisen aus dem Ozeanriesen in Richtung ihrer, für sie reservierten 80 Busse strömten.
„Das dauert bis die alle eingestiegen sind" sagte ich fröhlich über das Bordmikrofon und wir beeilten uns den Hafen zu verlassen um nach Olympia zu kommen.
Ich denke mal wir hatten eine Stunde Vorsprung. Den brauchten wir auch, um in der Ruhe vor dem Sturm uns das legendäre Gelände anzusehen.

Danach war es vorbei mit der Beschaulichkeit und der Ruhe.
Die Amerikaner besetzten das Gelände in voller Anzahl und voller Lautstärke.

Egal, denn wir waren längst fertig mit den obligatorischen Fotos und gingen ins Museum und von dort wieder fuhren wir mit den Bussen zum Hafen.
Eine wirklich sportliche Leistung.

Am nächsten Morgen erreichten wir Sizilien.

"Die Hafenstadt Catania liegt an der Ostküste Siziliens an der Mündung des Flusses Simeto und am südwestlichen Fuße des Ätna, dem größten und aktivsten Vulkan in Europa.

In der Agglomeration Catania, die sich nördlich der Stadt bis zum Fuß des Ätna ausdehnt, leben über 650.000 Menschen. Zu der Agglomeration zählen neben Catania die Gemeinden (nach ihrer Größe) Acireale, Misterbianco, Paternò, Gravina di Catania, Aci Catena, Mascalucia, Belpasso, Tremestieri Etneo, San Giovanni la Punta, Aci Castello, Aci Sant'Antonio, Pedara, San Gregorio di Catania, Motta Sant'Anastasia, Sant'Agata li Battiati, Trecastagni, Valverde, Viagrande, Nicolosi, San Pietro Clarenza, Camporotondo Etneo und Aci Bonaccorsi.

Dort ging ich alleine auf Landgang, ausnahmsweise keine Reisegruppe.

Eine schöne Stadt. Ich ging durch den Hafen und mir fiel ein Kreuzfahrschiff am anderen Ende des Piers auf. Ein Klassiker aus den 90er Jahren. Nennen wir sie „Hanse" Nun das Hanseschiff war etwa 150m lang und wie gesagt eher klassisch für 400 Personen ausgelegt. Im Gegensatz zur A. noch eine Nummer kleiner und von den Maßen nicht mit der Schiff3 vergleichbar.
Sie ist halt anders und stammt aus einer Zeit, als es die Ozeanriesen nur vereinzelt gab.
Die Sache war, dass ich mich genau für dieses Schiff beworben hatte, als Künstlerischer Leiter.

Da lag es nun, Live und in Farbe. Ich konnte sie nur von oben vom Pier sehen denn alles war abgesperrt.

Der Grund lag darin das sich damals ja
die Flüchtlingsströme ausgebreitet haben
und viele kamen über das Mittelmeer
nach Sizilien.

In wirklich desolaten Schiffen, die
keinem Standard entsprachen, also keine
Kreuzfahrt und keine Kreuzfahrer.
Diese Menschen wollten raus aus dem
Terror warum auch immer.
Die Schiffe mit denen sie gekommen
waren und aus denen sie gerettet wurden
lagen nun am Kai, teilweise mit
Schlagseite und kaputten Bullaugen,
aus einem Sturm gerettet. Ein Anblick
der einen erahnen lasse konnte wie
unbarmherzig das Meer sein kann.
Von den Menschen war nichts zu sehen,
diese waren schon auf dem Weg
Richtung Balkanlinie, sie hatten wenig
Zeit und wollten weiter, bevor der
Winter kam. Nun hatte ich das
Hanseschiff gesehen und machte mir
natürlich Gedanken auf welchem ich nun
anheuern sollte.

Die A. ‚wie gesagt war schön doch etwas schwierig mit allen Beteiligten. Einen Termin beim Reisveranstalter hatte ich noch nicht gemacht.

Das hatte ich so vereinbart dass ich das machen würde wenn ich von der Kreuzfahrt zurückkam. Sicher ist sicher.

Und es ging ja noch weiter.
Weiter nach Lapari.

*„Die **Liparischen Inseln** oder auch **Äolischen Inseln** (italienisch Isole Lipari oder Isole Eolie) sind eine <u>Inselgruppe</u> im <u>Tyrrhenischen Meer</u> nördlich von <u>Sizilien</u>. Zur Inselgruppe mit einer Gesamtfläche von 115,4 km² zählen sieben bewohnte Inseln mit etwa 13.768 Einwohnern (Stand: 31. Dezember 2009), die politisch zur <u>Metropolitanstadt Messina</u> der <u>italienischen Region</u> Sizilien gehören.*

Die Inseln sind vulkanischen Ursprungs und wurden 2000 von der <u>UNESCO</u> zum

<u>Weltnaturerbe</u> erklärt mit der Begründung, „dass die vulkanischen Landschaften der Inseln klassische Gegenstände der fortdauernden Untersuchung der <u>Vulkanologie</u> weltweit darstellen. Durch ihre wissenschaftliche Erforschung zumindest vom 18. Jahrhundert an haben die Inseln den Lehrbüchern der <u>Geologie</u> und Vulkanologie zwei Arten von <u>Eruptionen</u> (<u>Vulcano-Typ</u> und <u>Stromboli-Typ</u>) geliefert und so für mehr als 200 Jahre eine wichtige Rolle bei der Ausbildung aller Geowissenschaftler gespielt. Sie bieten weiter ein reiches Feld für vulkanologische Untersuchungen fortdauernder geologischer Prozesse bei der Bildung von Landschaften"[1]

Dort hatte ich auch sehr viel Zeit für mich, denn es gab aufgrund der Größe keine Ausflüge…Eigene Tagesfreizeit wird so was genannt.
Fahren sie mal hin es lohnt sich.

Weiter ging es Richtung Norden an der Amalifiküste entlang.

*„Die **Amalfiküste**, italienisch **costiera amalfitana**, liegt an der Westküste Italiens am Golf von Salerno und ist die Südküste der Sorrentinischen Halbinsel.*

Neben dem namensgebenden Ort Amalfi liegen Ravello, Atrani, Scala, Cetara, Furore, Conca dei Marini, Maiori, Minori, Vietri sul Mare, Praiano, Positano und Tramonti an der Amalfiküste. Ebenfalls zur Amalfiküste wird der Ort Sant'Agata sui due Golfi gezählt. Die Orte Amalfi, Atrani, Maiori, Minori, Vietri sul Mare und Positano liegen direkt am Meer. (Wikipedia)

Von dort ging es zum letzten Höhepunkt der Reise:

Civitavecchia (Rom)

Um 8 Uhr morgens legten wir an und ich leitete wieder eine Reisegruppe wir fuhren in die ewige Stadt:
Wir fuhren nach Rom.

Rom (<u>lateinisch</u> Rōma; <u>italienisch</u> Roma; beides [ˈroːma]), amtlich Roma Capitale, ist die <u>Hauptstadt</u> <u>Italiens</u>.[2] Mit etwa 2,9 Millionen Einwohnern im Stadtgebiet bzw. rund 4 Millionen Einwohnern in der <u>Agglomeration</u> ist sie die <u>größte Stadt Italiens</u>. Rom liegt in <u>der Region</u> <u>Latium</u> an den Ufern des Flusses<u>Tiber</u>.
(Wikipedia)

Dort lief alles ohne besondere Vorkommnisse, wir wurden weder ausgeraubt noch überfallen, was dort durchaus vorkommen kann.
Also Vorsicht!
Wenn sie dort alleine unterwegs sind.
Ansonsten ist es dort südländisch und im Herbst die beste Zeit um dort zu sein.
Dann legten wir ab in Richtung Genua.

Der letzte Abend ist, wie der letzte Abend an eine Reise ebenso ist, mit Galadinner und Eisbombe.

Die Leute lieben es!

Ich musste nun sehen was ich liebte…auf der A. den Enter-man machen, der wenig zu vergleichen war mit den Gegebenheiten auf der Schiff3. Oder über das Angebot des Veranstalters für das Hanseschiff zu verhandeln.

Die Comic Figur sah ich dann noch einmal, er packte seine Sachen, beachtete mich nicht weiter und ging dann auch in Genua von Bord.

In Genua fuhr ich dann mit anderen Gästen nach Mailand um dort den Flieger in die Heimat zu nehmen. Noch bevor ich in Frankfurt/m aufsetzte war meine Entscheidung gefallen: Ich werde in Bremen anrufen und mir anhören was mir angeboten wird. Auf einen Klassiker der Kreuzfahrer. Schon am nächsten Morgen tat ich es und wir machten einen kurzfristigen Termin. Einen Termin in Bremen.

XIII.

Breakfast in Bremen

Ich fuhr also nach Bremen, mit ernsthaften Absichten wie man so schön sagt. Ich wollte an Bord der Hanseschiff und so ging ich auch in das Gespräch. Zuvor kam ich am Nachmittag an und bezog ein Hotelzimmer in der Nähe der Zentrale des Reiseveranstalters. Das Hotel liegt superzentral ist jedoch sehr eigen. Eine Mischung aus Hostel und Hotel ohne Sterne und aus Patchwork Möbeln. Egal, mir gefällt es und es liegt zentral. Nun ja was ist nicht zentral in Bremen? Diese Stadt ist im Gegensatz zu Hamburg, sagen wir es mal so: Übersichtlich:

Basisdaten

Bundesland:	Bremen
Höhe:	11 m ü. NHN

Fläche:	325,56 km²
Einwohner:	557.464 *(31. Dez. 2015)*[1]
Bevölkerungsdichte:	1712 Einwohner je km²
Postleitzahlen:	28195–28357, 28717–28779
Vorwahl:	0421
Kfz-Kennzeichen:	HB
Gemeindeschlüssel:	04 0 11 000
LOCODE:	DE BRE
NUTS:	DE501
Stadtgliederung:	5 Stadtbezirke

„Bremen liegt zu beiden Seiten der Weser, etwa 60 Kilometer vor deren Mündung in die Nordsee bzw. deren Übergang in die Außenweser bei Bremerhaven. In Höhe der Bremer Altstadt geht die Mittelweser in die Unterweser über, die ab der Eisenbahnbrücke Bremen zur Seeschifffahrtsstraße ausgebaut ist. Die von der Ochtum durchzogene Landschaft links der Unterweser wird als Wesermarsch bezeichnet, die Landschaft rechts der Unterweser gehört zum Elbe-Weser-Dreieck. Die Lesum, mit ihren Quellflüssen Wümme und Hamme, die Schönebecker und die Blumenthaler Aue bilden von hier aus die Zuflüsse der Weser. Das Stadtgebiet ist etwa 38 Kilometer lang und 16 Kilometer breit. Bremen ist bezogen auf die Fläche (siehe: Liste der flächengrößten Städte und Gemeinden Deutschlands) die dreizehntgrößte Stadt Deutschlands und bezogen auf die Einwohnerzahl nach Hamburg die zweitgrößte Stadt im

Nordwesten Deutschlands und die zehntgrößte in ganz Deutschland (siehe: Liste der Großstädte in Deutschland).

Bremen liegt etwa 50 Kilometer östlich von Oldenburg (Oldenburg), 110 Kilometer südwestlich von Hamburg, 120 Kilometer nordwestlich von Hannover, 100 Kilometer nördlich von Minden und 105 Kilometer nordöstlich von Osnabrück. Ein Teil des Bremerhavener Hafengeländes, das Stadtbremische Überseehafengebiet, bildet eine Exklave der Stadt Bremen."

Wilhelmshaven
104 km

Bremerhaven
60 km

Oldenburg (Oldenburg)
50 km

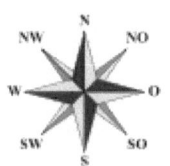

Osnabrück
105 km

Minden
100 km

INFORMATION

Baujahr:	1997
Flagge:	Nassau, Bahamas
Vermessung:	14.903 BRZ (Bruttoraumzahl)
Länge:	144 Meter
Breite:	21,5 Meter
Tiefgang:	5,15 Meter
Eisklasse:	1B (Klasse E2 des Germanische Llloyd)
Anzahl Decks:	6
Passagiere:	400
Passagierkabinen gesamt:	197
Suiten:	8 Suiten (2 mit Balkon)
Passagierkabinen innen:	63
Passagierkabinen außen:	134
Besatzung:	170
Restaurant:	1 Tischzeit, (zusätzlich Büfett i Palmgarten)
Hospital:	ja
Fahrstühle:	2

Behindertengerechte Kabinen:	2
Bordsprache:	Deutsch
Bordwährung:	Euro
Klimaanlage:	ja
Stabilisatoren:	ja

So sieht das Datenblatt der HH aus…

Ach ja Bremen…

Schon mitten drin im Hohen Norden und doch sehr Übersichtlich wie ich finde, nun ja kaltes Bier aus Bremen ist unvergleichbar…Fahren sie mal hin, sehr Hanseatisch.

Dort sitzt nun die Schaltzentrale und auch meine Ansprechpartner. Wir sprachen bei einen guten Frühstück, um 10 Uhr morgens über meine Einsatzmöglichkeiten und wurden uns einig.

Ich bekam einen Vertrag als Künstlerischer-/Reiseleiter so die genaue Bezeichnung. Dass dies nun eine Allroundstellung ist, war mir schon bewusst, theoretisch zumindest. Wie das in der Praxis gehen soll wusste ich noch nicht.

Die Praxis begann im November, genau der richtige Monat um aus dem Nebel und dem Regen in Richtung Sonne zu fliegen.

Die HH lag in der Werft und sollte nun auf große Reise gehen, ein leeres sauberes Schiff, eine Erfahrung die man nicht so oft bekommt. Die Werft liegt in der Türkei und die Reise begann im Morgenland in Konstantinopel, wie es einmal hieß. Heute heißt diese Stadt: Istanbul.

Auf nach Istanbul…
Christian ist wieder auf großer Fahrt.

XIV.

Kreuzfahrtfieber III

Es ging wieder einmal vom Airport Frankfurt/m los, diesmal nach Istanbul. Alles lief problemlos, inzwischen war ich ja ein Flugprofi geworden. In Istanbul angekommen wartete schon der örtliche Agent auf mich und gemeinsam warteten wir auf den Rest der Reiseleitung die mit der Maschine aus Bremen kommen sollten. Kamen sie dann auch, eine Stunde nach mir. Die Reiseleitung bestand aus dem Kreuzfahrt Direktor, der Concierge, der Ausflugsleiterin, der Büromanagerin, der Ausflugsassistentin und aus mir, dem Entertainment Manager. Das war es, sechs Leute betreuen 400 Gäste. Es gab dann noch eine Showband mit Sängerin und verschiedene Gastkünstler…und wer soll für den Rest der Unterhaltung sorgen? Sie ahnen es….Ich…der Christian, als Animateur würden böse Zungen nun sagen,…in Gewisser Weise

war es aber so. Da macht man noch viel selbst…das ist Kreuzfahrt pur wie vor zwanzig Jahren…kein Hightech, keine Bühnenshows, hier wird alles Handgemacht, na ja Old School halt genauso wie die Gäste. Diese sollten aber erst vier Tage nach uns einchecken was auch gut war denn so konnte man sich mit allem vertraut machen.
Die Kollegen kannten das Schiff schon und auch sich untereinander. Wir waren nun der Kern der Kreuzfahrtorganisation Zwei Herren und vier Damen und ich war der Neue!

Wir fuhren alle gemeinsam in die Innenstadt zu einem Luxushotel dort wurde fürstlich gegessen, lokale Spezialitäten zum Abend und übernachteten jeder in einer Suite. Im zentral gelegenen Luxushotel. Die Ruhe vor dem Sturm. Am nächsten Morgen ging es zum Schiff. Wir richteten uns in den Kabinen ein. Ich hatte eine Offizierskabine mit Dusche/WC und einem Fenster, wie immer halt.

Keine Uniform mit Lametta, das hatte nur der Kreuzfahrdirektor, ich trug die übliche Reiseleiter Kluft, Polohemd, Jacke…diesmal in Gelb! Na immerhin erkannte man mich dann auch gleich als Teil der Reiseleitung…nun so war das ja auch gedacht. Ich sah mir alles an…nach drei Stunden wusste ich Bescheid…alles sehr Übersichtlich…ein Restaurant…ein Buffet…drei Bars.

Mein Theater war sehr Salonmäßig, 200 Plätze, es passte gerade mal die Band mit 7 Personen auf die flache Bühne und moderiert wurde dann vom Tanzparkett aus, das war es.
Das alles für 400 Gäste.

Das langt ja auch denn bei dieser Art von Kreuzfahrt ist das Schiff ja das Verkehrsmittel auf dem man zwar wohnt aber vorwiegend bringt es einen zu den Plätzen die man ansteuert. Das ist die Attraktion. Jeder kennt jeden ob unter den Gästen oder der Crew.

Wenn das mal kein Revierkampf gibt
von wegen der Liegen und so…
oder so…

Doch dazu später.

Nach 3 Tagen war alles war eingerichtet
und wir holten die Gäste vom Flughafen
ab, auch das gehörte zu meinen
Aufgaben…sehr viele Aufgaben
wie sich herausstellte.

Die Reise die mir nun bevorstand war
fantastisch…von Ort zu Ort, immer
Richtung Osten-Türkei-Griechenland-
Naher Osten-Mittlerer Osten-Ferner
Osten-bis an das Ende der Welt, nach
Thailand, mit kehrt wende und dann
wieder Richtung Westen.

Jeder Tag ein neuer Ort. Die HH fuhr
gerade wegen ihrer Größe, die natürlich
die Logistik vereinfacht, rund um die
Welt. Immer mal mit Pause um sie zu
warten so wie jetzt halt in der Türkei. Da
lagen wir nun in Istanbul und warteten
dass die Reise beginnt.

Los ging die Reise mit 400 Gästen die ich höchstpersönlich am Flughafen in Istanbul abholte, an jenem Flughafen wo ich 3 Tage zuvor noch selbst abgeholt wurde. Mit dabei auch meine Künstler, also die Band, die Sänger und… Ein Entertainer. Der Entertainer erinnerte mich irgendwie an die Comic Figur aus dem letzten Monat…sie erinnern sich?
Mittelmeer, das gleiche Gewässer?
Die Frank Sinatra Kopie?
Nein!!!
Das war tatsächlich die Comic Figur! Diese erkannte mich auf Anhieb und fragte ob ich letzten Monat auf der A. war? Nun ja was sollte ich sagen…Er war ja auch da und nun auf der HH.
Wir saßen buchstäblich im selben Boot…und er gab tatsächlich ein Sinatra Programm zum Besten, na so ein Zufall. Grinsend mit Witzen von unterirdischen Niveau…na danke!!! Hallo Schicksal?!
Danke auch,
für die nette Überraschung…
Das kann ja heiter werden!

XV.

Richtung Osten

Der Himmel war bedeckt und es wehte ein lauer Wind von Mittelmeer. Leinen los! Die HH stach in See, immer Richtung Osten.

„Das **Mittelmeer** (lateinisch Mare *Mediterranem*, deshalb deutsch auch **Mittelländisches Meer**, präzisierend **Europäisches Mittelmeer**) ist ein Mittelmeer zwischen Europa, Afrika und Asien, ein Nebenmeer des Atlantischen Ozeans und, da es mit der Straße von Gibraltar nur eine sehr schmale Verbindung zum Atlantik besitzt, auch ein Binnenmeer. Im Arabischen und Türkischen wird es auch als „Weißes Meer" (البحر الأبيض/*al-baḥr al-abyaḍ* bzw. türk. *Akdeniz*) bezeichnet.Zusammen mit den darin liegenden Inseln und den küstennahen Regionen Südeuropas, Vorderasiens und Nordafrikas bildet das Mittelmeer den

Mittelmeerraum, der ein eigenes Klima (mediterranes Klima) hat und von einer eigenen Flora und Fauna geprägt ist." (Wikipedia)

In der Türkei gibt es schöne Strände, wir steuerten *Kusadas*i an um dann nach Rhodos zu fahren…

Dort begann das was immer kommen sollte: Landausflüge!

Es ist immer die gleich Prozedur dir ich ja schon von der A. her kannte, nur mit weniger Leuten als Gäste und Crew.

Rein in den Bus und ich war der Reiseleiter, zusammen mit einem ortskundigen Tourguide. Es werden die Sehenswürdigkeiten abgeklappert und Fototermine eingerichtet, alles immer unter Zeitdruck. Ich war für den Zeitplan verantwortlich und nicht nur das… Die gesamte Reiseleitung war auf die Busse aufgeteilt.

Wir erinnern uns:

Die Reiseleitung bestand aus dem Kreuzfahrt Direktor, der Concierge, der Ausflugsleiterin, der Büromanagerin, der Ausflugsassistentin und aus mir, dem Entertainment Manager.
Das war es, sechs Leute betreuen 400 Gäste.

Ich präsentiere: Die Reiseleitung…!

Der Kreuzfahrtdirektor: Ein jüngerer Mann aus Westphalen, Mitte 30 und immer etwas hektisch.

Die Concierge: Eigentlich aus dem Pott, aus Duisburg, doch sie versuchte krampfhaft Norddeutsch zu wirken, was ihr aber selten gelang. Krampfhaft war die treffende Bezeichnung für sie.

Die Büromanagerin: Aus dem Osten, eher nüchtern, Typ Chefsekretärin.

Die Ausflugsleiterin: Auch aus dem Osten, aber eher Russland, mit demensprechenden Akzent und dem Charme einer russischen Großmutter.

Die Ausflugsassistentin: Sie war wohl die kleine Cousine der Ausflugleiterin, auch Russisch, nur jünger und weit aus schlanker.

Der Entertainment Manager: Also ich…Christian, aber mich kennen sie ja.

Jeder von uns war, nun neben seiner eigentlichen Position, Reiseleiter an Bord…und Reiseleiter zu sein heißt an Bord von solchen kleinen Schiffen: Allrounder…Ich kann es auch klassischer sagen:
„Du machst einfach alles in deinem Bereich. Und ich meine wirklich alles."

Doch dazu später.

Wo waren wir? Ach ja Rhodos, mit Landausflug!

„Rhodos liegt auf der Trennlinie zwischen der Inselreichen <u>Ägäis</u>, von der es einen Teil des Südostrandes bildet, und dem inselarmen <u>Levitischen Meer</u>, beides Teilmeere des Mittelmeers. Rhodos *ist 78 km lang und 38 km breit. Sein*

Zentrum ist von [Athen](), der griechischen Hauptstadt auf dem [europäischen]() Festland, rund 430 km entfernt. Von der Nordwestküste am Rhodos Island International Airport ([Diagonals]()) sind es in Richtung Norden bis zur [türkischen]() Südostküste nur etwa 17,5 km, was die geringste Entfernung der Insel zu [Kleinasien]() ist. Der Westküste sind die kleineren Inseln [Chalki]() (9 km) und [Alimia]() (7 km) sowie weitere sogenannte Schäferinseln vorgelagert."(Wikipedia)

Wieder zurück in die Türkei nach Antalya, das sie bestimmt aus jedem Reiseprospekt kennen.

*„**Antalya** (von [griech](). Ἀττάλεια - Attaleia, so auch der Name in [antiker]() und [byzantinischer]() Zeit) ist eine [türkische]() [Großstadt]() am [Mittelmeer](). Sie ist Hauptort der fruchtbaren Küstenebene im Süden Kleinasiens, die seit antiker Zeit als [Pamphylien]() bezeichnet wird.*

Heute wird die Gegend wegen der langen Sandstrände auch gerne <u>Türkische Riviera</u> genannt. Antalyas Altstadt liegt dabei größtenteils oberhalb einer Steilküste. Der bedeutende Seehafen im Süden der Stadt grenzt an den <u>Konyaaltı</u>-Strand. (Wikipedia)

Dann ging es zu einer Insel an der nun beide Staaten beteiligt sind: Zypern

„**Zypern** (<u>griechisch</u> Κύπρος Kypros, <u>türkisch</u> Kıbrıs) ist eine Insel im östlichen <u>Mittelmeer</u>. Sie ist die drittgrößte Mittelmeerinsel nach <u>Sizilien</u> und <u>Sardinien</u>. Zypern gehört <u>geographisch</u> zu <u>Asien</u>, wird politisch und kulturell jedoch meist zu <u>Europa</u> gezählt, u. a. wegen des Kupfer- und Keramikhandels von dort.[2] Die Insel ist seit 1974 de facto geteilt.

Der Süden wird von der Republik Zypern beherrscht, die völkerrechtlich weiterhin die ganze Insel umfasst (außer den britischen Militärbasen Akrotiri und Dekelia). Der Nordteil steht jedoch unter Kontrolle der Türkischen Republik Nordzypern, die nur von der Türkei anerkannt wird, die dieses Gebiet 1974 militärisch besetzte, nachdem griechische Putschisten den Anschluss Zyperns an Griechenland durchsetzen wollten. Zwischen den beiden Gebieten liegt eine Pufferzone, die als „Grüne Linie" („Green Line"/„πράσινη γραμμή"/„yeşil hat") auch die Hauptstadt Nikosia teilt und von Friedenstruppen der Vereinten Nationen überwacht und verwaltet wird, der United Nations Peacekeeping Force in Cyprus (UNFICYP).

Die „Souveränen britischen Basen" Akrotiri und Dekelia sind Exklaven, die völkerrechtlich als Britische Überseegebiete zu Großbritannien gehören. Für das Vereinigte Königreich war die Möglichkeit einer dauerhaften Nutzung der strategisch wichtigen Insel eine Bedingung für die Entlassung Zyperns in die Unabhängigkeit im Jahre 1960. Außerdem unterhalten die Briten auf der höchsten Erhebung der Insel, dem Mount Olympos, eine leistungsfähige Radar-Anlage und nahe der Exklave Dekelia die Ayios Nikolaos Station, die beide der Funküberwachung im Nahen Osten dienen und auch von der US-amerikanischen National Security Agency (NSA) mitgenutzt werden. Auf der Insel herrscht, wie auf Malta, Linksverkehr, ein Relikt aus der britischen Kolonialzeit, die von 1878 bis 1960 dauerte.

Die Republik Zypern ist seit dem 1. Mai 2004 Mitgliedstaat der Europäischen Union (EU), und zwar mit ihrem völkerrechtlich anerkannten Territorium. De jure bedeutet das, dass auch der türkische Norden der Insel Unionsgebiet

darstellt, auf dem die Republik Zypern ihr Recht jedoch nicht ausüben kann. Der Annan-Plan für die Neuordnung der politischen Situation auf der Insel stieß in seiner letzten Fassung bei den griechischen Zyprern in einem Referendum auf Ablehnung."
(Wikipedia)

Formal waren wir also noch in der EU, real aber schon in Asien.
Dies ist, geographisch gesehen, schon Naher Osten und dort ging es nun hin. Es wurde exotisch und auch etwas gefährlich, man muss aufpassen so sagte man mir, in solchen Ländern die du bisher nur aus den Nachrichten, aus Dokus und Journalen aus dem Fernsehen kennst…: Ägypten und Israel!

XVI.

Im Nahen Osten

Und nun gehen wir ins Detail.

"Israel ist ein Staat in Vorderasien, an der südöstlichen Mittelmeerküste, der an den Libanon, Syrien, Jordanien, das Westjordanland, Ägypten und den Gazastreifen grenzt und aus sechs israelischen Bezirken gebildet wird.
Wikipedia"

Hauptstadt: Jerusalem
Vorwahl: +972
Gegründet: 14. Mai 1948
Währung: Schekel
Kontinent: Asien
Amtssprachen: Hebräische Sprache,
Arabische Sprache

Jetzt wurde es heiß, sehr heiß, das hat schon nichts mehr mit Strandurlaub zu tun, das ist pures Abenteuer.

Wir legten in Ashod-Israel an.
Und von dort ging, um 6 Uhr morgens,
unsere lustige Busreise direkt in das
Herz des großen Konflikts: Jerusalem.

Jerusalem *(hebräisch* ירושלים[?/i]
Jeruschalajim [jeruʃaˈlajim],
arabisch القدس *al-Quds (asch-Scharif)*
„die Heilige", altgriechisch Ἱεροσόλυμα
Hierosólyma, lateinisch Hierosolyma
und Jerosolyma (-orum, n.),
Hierosolyma und Jerosolyma (-ae, f.),
Hierosolymae (-arum, f.), Hierusalem
und Jerusalem (n., indecl.), Solyma (-
orum, n.), Solyma (-ae, f.),
arabisch القدس *al-Quds (asch-Scharif)*
„die Heilige", türkisch Kudüs) ist eine
Stadt in den judäischen Bergen zwischen
Mittelmeer und Totem Meer und hat
804.355 Einwohner. Sie wird sowohl von
Israel als auch dem Staat Palästina als
jeweils eigene Hauptstadt angesehen,
beide Ansprüche sind international
umstritten.

In Jerusalem befinden sich der Sitz des [Staatspräsidenten](), die [Knesset]() und das [Oberste Gericht]() als Teil des [politischen Systems Israels](), die 1918 gegründete [Hebräische Universität]() sowie die Holocaustgedenkstätte [Yad Vashem]() und [Israel National Cemetery]().

In Jerusalem begegnen sich viele Kulturen der [Antike]() und [Moderne](). Die [Altstadt]() ist in das [muslimische](), [jüdische](), [christliche]() und [armenische]() Viertel gegliedert und von einer Mauer umgeben.

Der politische Status der Stadt ist international umstritten und Teil des [Nahostkonflikts](). Das gesamte Stadtgebiet steht unter der Kontrolle Israels – [Ostjerusalem](), das bedeutende religiöse Stätten des [Judentums](), [Christentums]() und des [Islam]() beherbergt, wird von gemäßigteren [Palästinenser]()-Organisationen jedoch als Hauptstadt eines zukünftigen palästinensischen

Staates beansprucht, während radikalere Palästinenser-Organisationen die gesamte Stadt als Hauptstadt fordern. (Wikipedia)"

Da waren wir nun und machten eine Stadtrundfahrt…Jerusalem mit Bethlehem. Das komplette Packet…an einem Tag. In Jerusalem war es eher ruhig aber es war Dezember. In den engen Gassen der Altstadt sah man bewaffnete Männer und Frauen die darauf aufpassten das nicht passiert…es waren sehr viele…hoffentlich tun die sich nicht aus Langeweile gegenseitig bedrohen, meinte ein Gast…keine Sorge das ist Abschreckung-für uns erschreckend, für Israelis ist das wohl normal das mit den Waffen. In einer Kirche sah ich sogar ein Verbotsschild wo darauf stand dass man keine Waffen mit in die Kirche nehmen darf. Da hat also jeder eine….Nun ja das kann man sehen wie man will…die Bedrohung ist all gegenwärtig.

Im Nahen Osten umgeben von andersdenkenden und anders Gläubigen…da hilft nur die Bereitschaft zur Selbstverteidigung. Das meinte ein Sicherheitsbeamter der uns vorsorglich begleitete. Na ja Israel ist nur Sand, Sand und Steine…doch die Israelis sind begnadete Agrarwissenschaftler du so gibt es überall Oasen mit viel Grün und auch der berühmte Kibbuz,
doch dazu später.

Wir waren dann auch in Bethlehem und in der Geburtskirche. Das alles liegt hinter einer Mauer 15 Kilometer von Jerusalem. Der Eingang erinnerte mich an ein Gefängnis, na ja es ist wohl eine JVA, denn raus und rein kommt man nur mit verschärften Kontrollen. Ohnehin gibt es hohe Sicherheitsstufen. Der Terror ist allgegenwärtig. Nun ja in einem Land umzingelt von Feinden. Die Sicherheitskräfte waren freundlich aber misstrauisch.

Dieses Volk steht zwischen den Stühlen…Europa orientiert und doch mitten drin im arabischen Raum.

Ehrlich gesagt war für sie jeder deutschsprachige Gast, vor allem ab 78, sehr verdächtig und auf der HH gab es einige davon, sie wurden durchgecheckt. Na ja Araber und Alt-Nazis sind dort nicht gern gesehen, im gelobten Land. Wir sollten noch einmal in Israel Station machen und dort wurde mir so einiges klar was die Gesamtsituation betrifft.

Doch dazu später.

Wir legten ab und nahmen Kurs auf Afrika, Kurs auf Ägypten. Pyramiden, Kairo und noch mehr Sand.

Ägypten ist ein Staat im nordöstlichen Afrika mit über 87 Millionen Einwohnern und einer Fläche von über einer Million Quadratkilometern.

Die Metropole Kairo ist Hauptstadt und eine der bevölkerungsreichsten Städte bzw. Regionen der Erde. Wikipedia"

*Hauptstadt: Kairo
Vorwahl: +20
Währung: Ägyptisches Pfund
Amtssprachen: Arabische Sprache, Modernes Hocharabisch
Kontinent: Asien, Afrika*

In einer Hafenstadt machten wir fest und fuhren im Bus Konvoi nach Kairo. Drei Stunden dauerte die Fahrt…eskortiert von der Polizei und an Bord jedes Buses ein Sicherheitsbeamter, eine schwer bewaffneter Sicherheitsbeamter. Die Lage im Land mache dies erforderlich aber alles sei unter Kontrolle. So sagte man uns.
Ich lasse das jetzt mal so stehen.
In Kairo sah es aus wie immer, schmutzig, staubig und betriebsam.

So der Sicherheitsbeamte, im Anzug,
unter dem Sakko, eine durchgeladene
Maschinenpistole westlicher Bauart.
Nun er muss es ja wissen.
Im Luxushotel wo der Lunch in
Buffetform serviert wurde
war es ruhig und sauber.
Und an den Pyramiden waren mehr
Händler als Touristen, wie wir feststellen
mussten, die Sicherheitsbeamten sorgten
auch hier dafür dass man nicht bedrängt
wurde. Von dem Massen die man von
Berichten aus dem Fernsehen her kannte
war nicht mehr viel zu sehen, nur wenige
trauten sich noch in diesen Pulverfass.
Darunter wir.
Es war schon abenteuerlich und es ging
auch alles gut. Am Abend waren wir
wieder Sicher an Bord unseres
Vorweihnachtlichen geschmückten
Kreuzfahrers gekommen und fuhren
durch den Suezkanal.
Dort auf den Suezkanal haben wir dann
auch zünftig den obligatorischen
Bayrischen Mittag gemacht, mit Bier

und Leberkäse und Russischen
Reiseleiterinnen in Stilechter Tracht.
Na ja so ist das nun mal
auf einem Traumschiff.

Auf dem Traumschiff fuhren wir immer
weiter und weiter in Richtung Sinai
Halbinsel Eilat/Israel,
auch so ein Pulverfass

Eilat *(hebräisch אילת 🔊[ɛj'lat]*$^{?/i}$*),
auch Elat oder Elath, ist eine Stadt an
der Südspitze Israels im Süden der
Wüste Negev. Die Stadt ist der einzige
Zugang Israels zum Roten Meer und
damit zum Indischen Ozean. Die Länge
des israelischen Küstenabschnitts
beträgt nur knapp zwölf Kilometer. Vom
Hafen sind bei guter Sicht die Küsten
von Ägypten, Jordanien
und Saudi-Arabien zu sehen.*

Diese Stadt halten die Israelis mit allen
Mitteln und es ist so eine Art Las Vegas
mitten in der Wüste die am Meer endet.

Und dort liegt diese Stadt, die umzingelt von Arabern, des Nachts hell erleuchtet ist und ein beliebtes Vergnügungszentrum für die Bürger aus Tel Aviv und Haifa geworden ist.

So als wolle es man die umliegenden Araber Ärgern oder sogar blenden...schon skurril.
In der Wüste liegt dann auch der internationale Flughafen wo wir dann Gästewechsel hatten. Vorher waren wir im Kibbuz, einer Oase inmitten dieses Irrsinns. Es ist wie im Paradies dort und wenn ich in einem solchen bizarren Land geboren und aufgewachsen wäre würde ich auch im Kibbuz wohnen und leben wollen. Das lasse ich jetzt einfach mal so stehen.

Mittags hatte ich noch etwas Zeit mir diesen Ort genauer anzusehen.
Na ja knapp 50000 Einwohner, einen nationaler Flughafen mitten in der Stadt und die landenden Jets.

Die über unser altehrwürdiges Kreuzfahrtschiff donnerten.
Sehr internationales Flair.
Genauso wie in den vielen hochgesicherten Einkaufzentren, denn die Geschäfte waren aus naheliegenden Gründen alle in solche Zentren umgesiedelt worden.
Dort war es kühl und voller Betriebsamkeit man sah viele uniformierte die in ihrer Freizeit dort shoppten…auch richtige It Girls in Uniform, die bunten Einkaufstaschen von ihren Begleitern tragend. Das war auch von Nöten denn die jungen Damen mussten etwas anders über der Schulter tragen…ihre Maschinengewehre…!
Sie liefen durch das Center voll bewaffnet und eskortiert von netten Kameraden die ihre Shoppingbags trugen und die Taschen der relativ jungen Damen, die zusammen mit ihren Kollegen für die Freiheit dieses Ortes garantierten.

Ich wollte das eigentlich dokumentarisch fotografisch festhalten, doch nach einiger Überlegung habe ich es gelassen.
Wer so locker mit dem Kriegsgerät umgeht, kennt da bestimmt keinen Spaß.
War wohl auch besser so.

Wir Verliesen diesen Ort in Richtung Arabisches Meer und sollten erst nach 5 Tagen den nächsten Hafen erreichen.
Es wurde Weihnachten und wir schipperten mitten durch die Arabische Welt. In festlicher Stimmung waren wir sicher auf unseren Schiff und wir schufen uns eine besinnliche Weihnachtstimmung. Man war abgetaucht weit weg irgendwo auf dem Meer in Frieden ohne schlechte Nachrichten von nirgendwo.
Mit Bescherung und Show am Abend in der Lounge. Danach gab es das Crew fest und na ja wie das so ist habe ich weiblichen Anschluss gefunden…war ja klar das dies irgendwann passiert.

Lena die Lettische Fotografin war Anfang 30, sportlich und voller Tatendrang.
Mit ihr verbrachte ich fortan viel Zeit, beruflich wie privat.
Die Route ging immer weiter…und an Sylvester mitten auf dem Meer mit Musik und Tanz und Buffet und Crewparty… sind wir dann in das Jahr 2016 gefahren.

Die Tage auf einem solchen recht übersichtlichen Schiff sind gefühlte Wochen und Wochen sind gefühlte Monate und Monate sind gar gefühlte Jahre. So muss man sich die Zeit dort vorstellen. Alles läuft viel langsamer, die Zeit rast nicht, sie fliest wie der Sand in einer alten Uhr. Sie geht auch vorbei allerdings viel intensiver.
Mit den Kollegen lief es gut, jeder hatte ja seine Aufgabe und sogar die Comic Figur spielte ohne weiteren Stress zu machen ihre Rolle.

Der Entertainer lag auch meist am Ende seiner Reise auf dem Sonnendeck.
Er wollte erst einmal wieder zurück nach New York City, wo er wohl auch besser aufgehoben war.
In irgendeinen Jazzclub wo ihn die japanischen Touristen bestimmt für Frankie Boy hielten.
Wie auch immer .

Jeddah/Saudi Arabien – Muscat/Oman – Fujairah/Ver. Arab. Emirate – Khasab/Musandam/Oman – Abu Dhabi/Ver. Arab. Emirate – Dubai/Ver. Arab. Emirate

So sah die Route aus und überall der Besuch der Moschee und des Basares…Päläste, Sand und Steine.
Die Wüstenvölker haben irgendwann Öl gefunden und quasi aus dem nichts aus ihren Zelten Wolkenkratzer gemacht und aus ihren Kamelen Sportwagen...!
Na ja Platz dafür hat man dort zu genüge.

In Dubai war diese arabische Reise dann zu Ende. Auch für die Comic Figur die ich mit den Gästen am Flughafen absetzte und dann mit den neuen Gästen die Stecke zurückzufahren um die Arabische Welt zu erkunden.
Der Amerikaner winkte uns noch gutgelaunt und braungebrannt zum Abschied.
Na dann farewell Frankie!

Mit einer Sorge weniger für die meisten von uns nahmen wir nun Kurs über das Arabische Meer durch die Arabische Welt in Richtung Indien.

Wie gesagt das meiste hatte ich schon gesehen und so genoss ich meist in meiner Ausflugsfreien Zeit das private Ambiente mit Lena, an Bord oder an den Stränden.
Die Araber waren allerdings immer sehr genau. Es dauerte oft Stunden bis alle an Land kamen und ihre Ausflüge machen konnten.

Facecheck…!
Nennt man das dort!
Nun ja meist lag man ja direkt am Kai im Hafen.
Es gibt allerdings auch einige Ausnahmen und bei diesen Ausnahmen muss man Trailern wie es in der Fachsprache heißt.
Also mit einem Beiboot an Land fahren. In der Regel macht das schon Spaß weil es ein besonders Gefühl gibt den Ort zu erobern. Ich erinnere mich allerdings an eine Überfahrt die eigentlich nicht so lustig war und die mich doch irgendwie an die Nikolausstory von EinSchiff erinnerten…Wir erinnern uns?
Richtig…aber es war doch etwas anderes. In eine Enklave in der arabischen Welt passierte es, an einem trüben Morgen…ja eines Morgens.

Ich dachte an nichts Böses als ich um 8 Uhr aus meiner Kabine ging und in Richtung Offiziersmesse wollte, um mir dort ein Frühstück zu holen.

Es regnete und es war etwas stürmisch
mir war das zu dem Zeitpunkt egal.
Ich sollte nicht bin in die Offiziersmesse
kommen denn vorher fing mich der
Kreuzfahrdirektor ab und meinte ich
solle doch mal mit ihm in Richtung
Tenderboot gehen. Ich nahm also
meinen Ausflugsrucksack in dem sich
einige notwendige Dinge befanden wie
zB. eine Dose Cola. Er meinte dass die
Ausflüge um 10 Uhr 30 beginnen sollen
aber das Wetter sei echt mies
Da stimmte ich ihm zu!
Er meinte weiter ich solle mit anderen
die schon im Tenderboot sind doch mal
rüber fahren und die Lage erkunden.
Nun ja ich könnte ja mal nachschauen
sagte ich und schon saß ich im
Tenderboot, es regnete und der
Wellengang war auch gerade
nicht niedrig!
Doch ich war nicht alleine…
Der Schwedische Sicherheitsoffizier
hatte das Kommando über das
Tenderboot, der portugiesische Kadett

war der Steuermann , als Seeleute die
üblichen Deck Phillipnos.
Mit dabei Außer dem die dicke Russin
als Ausflugsleiterin und die Concierge…
Warum auch immer sie im Boot saß
wusste niemand so genau.
Sie meinte sie wolle uns mal
Gesellschaft leisten…
War das Frühstückbuffet etwa doch noch
geschlossen?
Nun ja ich hatte ja meine Mission zu
erfüllen und sollte die Lage erkunden in
wie weit man überhaupt an das
Festland kam.
Was dann folgte war mehr als
abenteuerlich.
Es zog eine steife Brise auf als wir in
Richtung Festland fuhren.
Wir entfernten und immer weiter vom
Schiff welches nun etwa 2 Kilometer vor
der besagten Küste lag. Es regnete in
Strömen und der Wellengang wurde
richtig lustig. Was bedeutet so etwa 2 bis
3 Meter. So die Einschätzung des
Sicherheitsoffiziers.

Dann zog ein Gewitter auf und es
begann zu blitzen und zu Donnern, zu
Donnern und zu blitzen. Wir mitten drin.
Wissen sie woran sie merken dass sie im
Auge des Gewitters sind?
Es donnert nicht, es peitsch wie
ein Schuss und auch der Blitz
ist sehr schnell.
Fast so schnell wie die Conserge,
die plötzlich ihr Fotohandy zückte um
sich hinaus zu lehnen in die Fluten um
das Spektakel zu filmen und zu
fotografieren…wie dumm muss man
eigentlich sein um auf eine solche Idee
zu kommen?
Wir waren im Nebel verschwunden, die
Brücke funkte uns immer wieder an um
uns die Position zu weisen.
So muss es im Krieg sein wenn du unter
Geschützfeuer versuchst mit einem
Landungsboot die Invasion
durchzuführen.
Dachte ich mir.
Der Portugiese hatte kaum Sicht und
musste denn Kopf aus der Lucke stecken

und bekam so Welle um Welle ab.
Der Schwede mahnte zu Ruhe
und die Philipinos taten das was
Philipinos wohl immer machen wenn sie
in einem solchen Sturm komme…Beten!
Beten!!! Beten was das Zeug hält…
Und die Conserge?

Sie machte bunte Bilder mit ihrem
offensichtlich wasserabweisenden
Fotohandy.
Ich sah mir die ganze Szenerie gelassen
an…ich neige nicht zur Panik…denn
zum Glück hatte ich ja noch die Dose
Zucker-Cola dabei, das ist gut für die
Nerven. Ich saß also da, öffnete die Dose
und trank Zug um Zug die beruhigende
Brause.
Die Concierge lachte übermütig und der
Schwede wurde, um die Sicherheit
besorgt, sauer.
Wohl weniger um sie besorgt…sie war
echt nervig auch im Tagesgeschäft und
ein böser Gedanke kam dann doch…
wer sich in Gefahr begibt…

Na ja da kommt schnell mal eine Welle
die einen wegspült.
Der Sicherheitsoffizier schloss dann die
Lucke und ermahnte sie mit Nachdruck
sitzen zu bleiben.
War auch besser so, denn wer will denn
den Papierkram haben?
Wenn sie Fischfutter ist?

Wie kamen dann aber gut an und die
Küstenwache sagte uns das normal das
Wetter an 362 Tagen hier ruhig ist,
mit Sonne und so…Und heute?
So war es noch nie!
Na ja vielleicht hat ja der Klabautermann
auf die redselige und lustige Ruhrpott
pflanze gewartet…wundern würde es
mich nicht.

Die Ausflüge fanden dann auch alle statt
alle waren zufrieden und am Abend
fuhren wir über eine ruhige See in
Richtung Indien…Mumbai auch bekannt
als Bombay.

Mumbai (Marathi: मुंबई, Mumbaī [ˈmumbəi]), bis 1996 offiziell **Bombay**, ist die Hauptstadt des Bundesstaates Maharashtra in Indien und die wichtigste Hafenstadt des Subkontinents. Sie liegt auf der Insel Salsette vor der Westküste Maharashtras. Das Stadtzentrum befindet sich auf einem schmalen Landstreifen, der von der sumpfigen Küste in das Arabische Meer hineinragt. Die Stadt ist das wirtschaftliche Zentrum Indiens. Sie ist Verkehrsknoten und Kulturzentrum mit Universitäten, Theatern, Museen und Galerien. Mumbai ist mit 12,5 Millionen Einwohnern in der eigentlichen Stadt (das heißt ohne Vorortgürtel) die größte Stadt in Indien und eine der bevölkerungsreichsten Städte der Welt.

Mit 18,4 Millionen Einwohnern in der „Mumbai Metropolitan Region" (MMR), die auch die nördlichen Gebiete mit der Stadt Thane einschließt,
gehört Mumbai auch zu den größten Metropolregionen der Welt (Zahlen jeweils Volkszählung 2011). Zahlreiche Gebäude im Zentrum Mumbais sind in einer regionalen Variation des Historismus erbaut worden, die teilweise britisch inspiriert und teilweise eine britische Interpretation des Mogul-Baustils ist. Zwei Baudenkmäler der Stadt, der Chhatrapati Shivaji Terminus und die Höhle von Elephanta stehen auf der UNESCO-Liste des Weltkulturerbes.
(Wikipedia)
Dort angekommen machten wir erst einmal eine Stadtrundfahrt. Immer alle zusammen sonst geht man dort verloren…wirklich das sind keine Menschenmengen das sind wahre Massen und für europäische Verhältnisse nur schwer zu verstehen das im

Straßenverkehr irgendein System ist.
Es ist laut und die Luft…nun ja sauber
ist etwas anderes aber wir sind in Indien
und nicht in einem Luftkurort an der
Nordsee. Da war man froh wieder auf
dem Traumschiff zu sein, in Sicherheit,
mit all den anderen, beim abendlichen
Buffet. Das war eigentlich dann immer
so heute hier morgen dort…Früstück-
Dinner-Coffee-Lunch-Abendprogramm.
Immer so weiter. Und viel ruhiger und
gesetzter als in Mumbai
Der nächste Ort in Indien war da schon
etwas ruhiger: Cochin oder heute Kochi
genannt.

Kochi (Malayalam കൊച്ചി Kocci [ˈkotʃi]),
früher **Cochin**, ist eine Stadt im Bundesstaat
Kerala im Süden Indiens, an einem
Naturhafen der Malabarküste gelegen. Die
Stadt hat rund 600.000 Einwohner
(Volkszählung 2011), der Ballungsraum
insgesamt rund 2,1 Millionen. Damit ist
Kochi zwar nur die zweitgrößte Stadt

Keralas, aber Zentrum des größten
Ballungsraums des Bundesstaates.
(Wikipedia)

Dort gibt es Tempel-Elefanten und jede Menge zu sehen. Na ja wenn man im Bus sitz ist das schon gruselig…am Straßenrand brennt der Müll!
Die Luft brennt auch und an den Tempeln sind Pilger die darum beten im nächsten Leben gut behandelt zu werden. Entweder also so zu bleiben wie sie sind, oder das es besser wird. Manche stehen wohl ihr ganzes momentanes Leben am Tempel. Dann ging es auch schon zurück aufs Schiff in Richtung Sri Lanka.

Sri Lanka (singhalesisch ශ්‍රී ලංකා, śrī laṃkā, [ˌɕriːˈlaŋkaː]; Tamil இலங்கை, ilaṅkai), bis 1972 **Ceylon** (seither *Demokratische Sozialistische Republik Sri Lanka*), ist ein Inselstaat im Indischen Ozean, 237 km (Westküste der Insel) östlich der Südspitze des Indischen Subkontinents, und zählt

20,3 Mio. Einwohner. Die kürzeste Entfernung zwischen Indien (Kodiyakkarai) und Sri Lanka (Munasal) beträgt 54,8 km.

Durch ihre Lage bildete die Insel von der Antike bis zur Moderne einen strategischen Knotenpunkt für die Seefahrt zwischen Vorder- und Südostasien. Der Süden und die Gebiete um Anuradhapura waren Zentren des antiken Buddhismus, wohingegen im Norden und Osten hinduistische Tempelkomplexe existierten.[5] Heute ist das Land eine multireligiöse und multiethnische Nation, in der neben dem Buddhismus und dem Hinduismus das Christentum und der Islam bedeutende Religionen sind.

Die Singhalesen machen den größten Teil der Bevölkerung aus. Die Tamilen stellen die größte Minderheit. Andere ethnische Minderheiten sind die Moors, Malaien, Burgher und die sri-lankischen Ureinwohner, die Veddas.[6]
Sri Lanka ist bekannt für die Produktion und den Export von Tee (Ceylon), Kaffee, Kautschuk und Kokosnüssen.

Die Insel ist aufgrund ihrer landschaftlichen Schönheit und ihres reichen Kulturerbes (zum Beispiel des Ayurveda, einer traditionellen Heilkunst) ein beliebtes Touristenziel.

Sri Lanka wurde über zwei Jahrtausende von verschiedenen lokalen Königreichen regiert, bis im 16. Jahrhundert große Teile der Insel von den Portugiesen und danach von den Niederländern kolonisiert wurden. Nur das Königreich Kandy im Hochland der Insel konnte sich gegen die Kolonisatoren behaupten. 1815 jedoch wurde schließlich das ganze Land Teil des Britischen Weltreichs. Während des Zweiten Weltkriegs diente Sri Lanka den Alliierten als eine strategisch wichtige Basis im Kampf gegen das japanische Kaiserreich.[7]

Seit Anfang des 20. Jahrhunderts gab es immer stärker werdende Unabhängigkeitsbestrebungen. Im Jahr 1948 wurde Sri Lanka nach friedlichen Verhandlungen von den Briten unabhängig. Im Gegensatz zu den meisten Staaten der Dritten Welt besteht seit der Unabhängigkeit ein stabiles, demokratisches System, das allerdings durch die Gegensätze zwischen der singhalesischen Bevölkerungsmehrheit und der tamilischen Minderheit belastet war und immer noch ist. Zwischen 1983 und 2009 herrschte ein offener Bürgerkrieg zwischen tamilischen Separatisten und der von Singhalesen dominierten Zentralregierung, der zahlreiche Todesopfer, vor allem aus der Zivilbevölkerung forderte. Die Menschenrechtsverbrechen des Bürgerkrieges sind bis heute nicht unabhängig aufgearbeitet. Zwischen 2004 und 2015 war Mahinda Rajapaksa Präsident des Landes und regierte das Land mit autoritärem Gestus.[8][9] Seit Januar 2015 ist Maithripala Sirisena Präsident, der eine Abkehr vom Autoritarismus versprochen hat. (Wikipedia)

Wir sahen uns die Hauptstadt an…in Gegensatz zu Indien ist Sri Lanka vergleichsweise Ruhig. Colombo „Colombo ist seit dem 5. Jahrhundert als Hafenstadt bekannt, die unter anderem römischen, arabischen und chinesischen

Händlern als Station diente. Seit dem 8. Jahrhundert siedelten sich dort muslimische Händler an. (Noch heute ist das nahe beim Hafen gelegene Marktviertel Pettah hauptsächlich von Muslimen bewohnt.)

Im 16. Jahrhundert nahmen die Portugiesen einige Küstengebiete Sri Lankas, unter anderem Colombo und seinen Hafen, in Besitz. Sie gaben ihm den Namen *Kolamba* (anglisierend *Colombo*) was auf Sinhala *Hafen* bedeutet.[3] Die Stadt wurde das Zentrum des lukrativen Gewürzhandels, wobei Zimt lange Zeit die Hauptrolle spielte. Zum Schutz des Hafens errichteten die Portugiesen ein Fort.

Die Niederländer umzingelten die Stadt und belagerten Colombo sieben Monate lang. Am 12. Mai 1656 gaben die Portugiesen auf. Die Niederländer übernahmen die portugiesischen Besitzungen und führten den Gewürzhandel fort. 1796 eroberten die Briten Sri Lanka von den Niederländern und machten es 1802 zur Kronkolonie, deren Hauptstadt Colombo wurde. Es hat damit nach über 600 Jahren Anuradhapura abgelöst. Nach der Unabhängigkeit Sri Lankas 1948 war Colombo weiterhin Hauptstadt. Seit 1982 befindet sich der Regierungssitz des Landes aber in Sri Jayewardenepura im Südosten Colombos." (Wikipedia)

Weiter nach Galle!

„**Galle** (Sinhala ගාල්ල, gesprochen [ˈgaːlːə], auf Englisch [gɔːl]; auch *Gimhatitta*) ist eine Stadt in Südwest-Sri Lanka, 116 Kilometer von der größten Stadt Colombo entfernt.

Mit ihr und mit Matara ist es durch eine Eisenbahnstrecke entlang der Küste verbunden.Die 1663 von den Niederländern errichtete Festung Galle ist wie die Altstadt Weltkulturerbe. Sie ist die größte erhaltene europäische Festung in Südasien und zeigt eine Interaktion zwischen europäischer und asiatischer Architektur.

Ein weiteres Wahrzeichen der Stadt ist die von Jesuiten gegründete Kathedrale St. Mary's. Vor der Kolonialisierung war Galle ein bedeutender Seehafen. Perser, Araber, Griechen, Römer, Malaien und Inder trieben hier regen Handel. Im Jahre 1640 kapitulierten die Portugiesen vor den Niederländern, die Galle zum Sitz des Gouverneurs der Niederländischen Ostindienkompanie (VOC) und damit zur Hauptstadt Niederländisch-Ceylons machten.

Die Briten, die das Land 1796 von den Niederländern übernahmen, nutzten die Festung als örtliches Verwaltungszentrum. In Colombo etablierten sie einen größeren Seehafen, wodurch der Hafen von Galle seine herausragende Bedeutung verlor. Galle ist Sitz des Bistums Galle.

Am 26. Dezember 2004 wurde die Stadt von einem Tsunami getroffen, der hier etwa 3900 Tote forderte und schwere Schäden verursachte."
(Wikipedia)

Und weiter dann nach Indonesien!

indonesisch *Indonesia*) ist eine Republik und der weltgrößte Inselstaat sowie mit rund 240 Millionen Einwohnern der viertbevölkerungsreichste Staat der Welt.Das Land verteilt sich auf 17.508 Inseln. Indonesien grenzt auf der Insel Borneo an Malaysia, auf der Insel Neuguinea an Papua-Neuguinea und auf der Insel Timor an Osttimor. Indonesien zählt zum größten Teil zum asiatischen Kontinent, sein Landesteil auf der Insel Neuguinea gehört jedoch zum australischen Kontinent. Die Unabhängigkeitserklärung erfolgte am 17. August 1945, am 27. Dezember 1949 wurde sie nach einem Sezessionskrieg von den Niederlanden anerkannt. Die Hauptstadt Jakarta zählt 9,6 Millionen Einwohner und liegt auf der Insel Java Auf Java leben mehr als die Hälfte der Einwohner Indonesiens."
(Wikipedia)

Sie sehen wenn sie an Bord sind um dort einer Tätigkeit nachzugehen ist das eigentlich immer das selber, nur mit anderer Kulisse.

Dort auf einer dieser Inseln irgendwo in Indonesien sind wir dann angekommen.
Am Kai stand auch schon ein Begrüßungskomitee.
Es war wie in einem Film über die Ankunft der Eroberer im 19. Jahrundert...es gab Blumekränze und Folklore.
Uns zu Ehren war ein ganzer Wochenmarkt aufgebaut...oder war der sowieso da?
Wir wurden mit Moped Taxis über die Insel gefahren, so 3- bis 4-mal, besichtigten Japanische Bunkerreste und probierten einheimische Getränke wie Cola und Wasser mit Kohlensäure.
Zum Abschied wurde dem Europäischen Traumschiff lange gewunken.
Wir fuhren in den Sonnenuntergang.
Dann ging es weiter über den Pazifik.
Richtung Malaysia und Thailand, immer weiter, bis an das Ende dieser Welt.

„Soweit die See und der Wind uns trägt
Segel hoch Volle Fahrt Santiano
Geradeaus wenn das Meer uns ruft
Fahren wir raus hinein ins Abendrot"
(Santiano)

Ich sollte noch einige Abende erleben, unterwegs auf den Weltmeeren, abgetaucht, immer in Richtung Sonnenuntergang.

*„Was kann die Welt dafür
dass ich sie liebe,
ich lieb sie nur wegen dir,
was kann denn ich dafür
dass die Welt so groß ist,
aber heut Nacht mein Schatz
geh ich vor Anker bei dir"*
(Achim Reichel)

Da bleibt mir nur noch zu wünschen:
Einen wunderschönen Abend und eine noch wunder schönere Nacht und verlauft euch nicht…

Euer Christian

Ach ja und noch etwas...Skipper!
Commander? Leinen los!
Startet den Motor, setzt die Segel
und dreht das Schiff in den
Wind. Volle Fahrt voraus.

Und...bringt uns an den
Horizont...!

he he my my...
Nimm was du kriegen kannst...
nimm alles mit was geht!
he he my my, my my he he...
Trinkt aus Piraten hojo!

Herstellung und Verlag:
BoD - Books on Demand, Norderstedt
ISBN 978-3-7431-1444-9